瑞蘭國際

瑞蘭國際

說日語，玩日本！

【全新修訂版】

跟著❤名部落客WAWA

名部落客 林潔珏 著

作者序

《跟著名部落客WAWA說日語，玩日本！》，幫助您深入體驗日本的好夥伴

日本向來就是國人海外觀光的首選，不論是美食、商品、自然景緻、風俗文化都充滿了令人難以抗拒的吸引力。自台灣赴日九十天觀光免簽證後，想去日本就更方便了，只要有足夠的資金，心動就可以行動。而二〇〇九年正式啟用的日本打工度假制度，更能協助資金不足的年輕朋友，達成深入體驗日本的願望。

由於日本公共場所的標示多使用漢字，且多並列有英文說明，不懂日文也不會寸步難行，而餐廳點菜，只要參考樣本或相片也不至於餓著。不過要享受旅遊真正的樂趣，還是需要學習一些基礎日文才能玩得更深入、更盡興。

這本書就是針對想深入日本、細細品味日本生活的朋友而撰寫的工具書。全書內容涵蓋11大場景、94個小狀況，從日常生活、觀光

旅遊到危機處理，一應俱全。此外，本書的單元導引還提供了最實用的生活資訊，各單元的實戰會話練習，也能幫助您在與日本人交談時朗朗上口。

本書設計輕巧，卷末另附日本地圖、日本各大都市的電車路線圖、旅遊備忘，出門在外帶著它非常方便。不論是短期觀光旅遊、商務考察，還是長期打工度假，相信這本書，絕對是您旅日期間的好幫手。

這本書可說是我在日本生活二十多年來的心得，如果這心得的分享，對您有幫助，將是我最大的榮幸。也歡迎到如下網址，分享我在日本的生活點滴。

http://chiehchueh2.pixnet.net/blog

林潔珏

如何使用本書

❶ 您可以用本書這麼學習觀光旅遊以及生活日語……

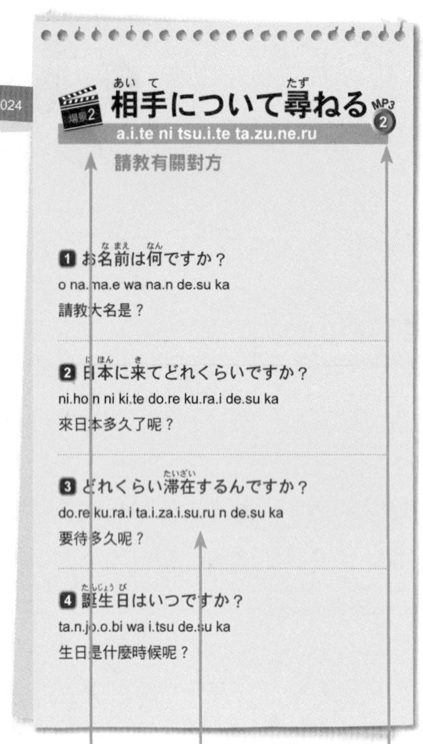

場景

分類檢索最好查詢，標示在哪個場景、哪種狀況下運用，不管是赴日觀光、遊學或是打工度假，都能隨時隨地立即查到派得上用場的實用日語！

MP3序號

配合聆聽與覆誦，學習最標準又自然的日語！

發音

標示羅馬拼音，即使是還不熟悉五十音的初學者，一樣可以說出標準的日語！

套進去說說看
搭配相關單字，符合各種不同的需求！

標籤索引
十一大主題索引，查詢最方便！

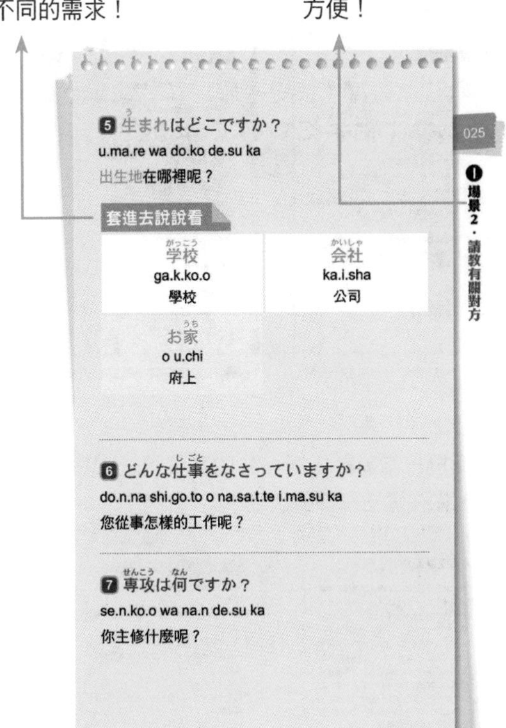

025

❶ 場景2・請教有關對方

5 生まれはどこですか？
u.ma.re wa do.ko de.su ka
出生地在哪裡呢？

套進去說說看

学校（がっこう）	会社（かいしゃ）
ga.k.ko.o	ka.i.sha
學校	公司
お家（うち）	
o u.chi	
府上	

6 どんな仕事をなさっていますか？
do.n.na shi.go.to o na.sa.t.te i.ma.su ka
您從事怎樣的工作呢？

7 専攻は何ですか？
se.n.ko.o wa na.n de.su ka
你主修什麼呢？

暖身一下
針對每一單元主題，均有生活在日本，以及與日本人來往不可不知的小常識。想知道如何在不踩到日本人底線的情況下，順利在日本旅遊，先暖身一下準沒錯！

❷ 您還可以在赴日觀光旅遊、商務考察、打工度假時這麼運用本書……

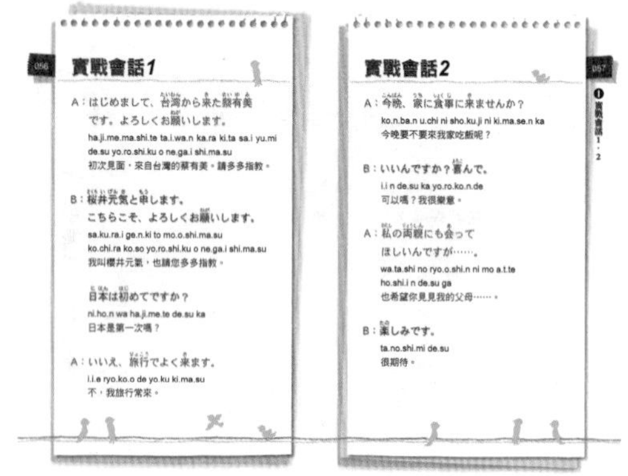

056

實戰會話1

A：はじめまして、台湾から来た蔡有美です。よろしくお願いします。

ha.ji.me.ma.shi.te ta.i.wa.n ka.ra ki.ta sa.i yu.mi de.su yo.ro.shi.ku o ne.ga.i shi.ma.su

初次見面，來自台灣的蔡有美。請多多指教。

B：桜井元気と申します。こちらこそ、よろしくお願いします。

sa.ku.ra.i ge.n.ki to mo.o.shi.ma.su ko.chi.ra ko.so yo.ro.shi.ku o ne.ga.i shi.ma.su

我叫櫻井元氣，也請您多多指教。

日本は初めてですか？

ni.ho.n wa ha.ji.me.te de.su ka

日本是第一次嗎？

A：いいえ、旅行でよく来ます。

i.i.e ryo.ko.o de yo.ku ki.ma.su

不，我旅行常來。

實戰會話2

057

A：今晩、家に食事に来ませんか？

ko.n.ba.n u.chi ni sho.ku.ji ni ki.ma.se.n ka

今晚要不要來我家吃飯呢？

B：いいんですか？喜んで。

i.i n de.su ka yo.ro.ko.n.de

可以嗎？我很樂意。

A：私の両親にも会ってほしいんですが……。

wa.ta.shi no ryo.o.shi.n ni mo a.t.te ho.shi.i n de.su ga

也希望你見見我的父母……。

B：楽しみです。

ta.no.shi.mi de.su

很期待。

❶實戰會話1・2

實戰會話

本單元模擬日常會話中所發生的真實情況，在跟日本人交談之前，先在這裡練練膽子吧！

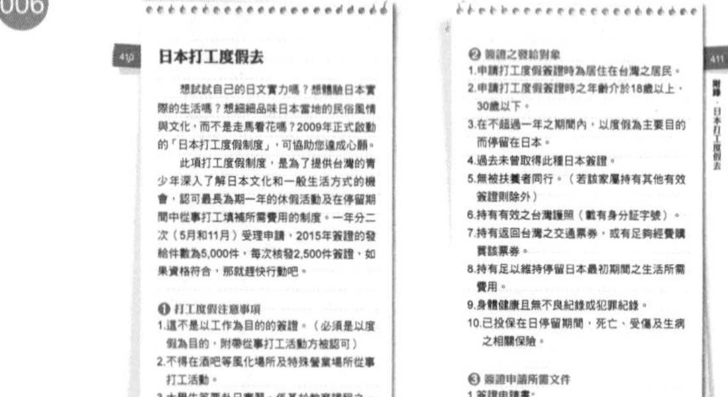

410

日本打工度假去

想試試自己的日文實力嗎？想體驗日本實際的生活嗎？想細細品味日本當地的民俗風情與文化，而不是走馬看花嗎？2009年正式啟動的「日本打工度假制度」，可協助您達成心願。

此項打工度假制度，是為了提供台灣的青少年深入了解日本文化和一般生活方式的機會，認可最長為期一年的休假活動及在停留期間中從事打工填補所需費用的制度。一年分二次（5月和11月）受理申請，2015年簽證的發給件數為5,000件，每次核發2,500件簽證，如果資格符合，那就趕快行動吧。

❶ 打工度假注意事項

1.這不是以工作為目的的簽證。（必須是以度假為目的，附帶從事打工活動方被認可）

2.不得在酒吧等風化場所及特殊營業場所從事打工活動。

3.大學生等要赴日實習，係基於教育課程之一部分，而在日本公私機關從事業務之活動，須辦理其他相關簽證；因與打工度假制度宗旨不同，故無法成為發給對象。

❷ 簽證之發給對象

1.申請打工度假簽證時為居住在台灣之居民。

2.申請打工度假簽證時之年齡介於18歲以上，30歲以下。

3.在不超過一年之期間內，以度假為主要目的而停留在日本。

4.過去未曾取得此種日本簽證。

5.無被扶養者同行。（若該家屬持有其他有效簽證則除外）

6.持有有效之台灣護照（載有身分証字號）。

7.持有返回台灣之交通票券，或有足夠經費購買該票券。

8.持有足以維持停留日本最初期間之生活所需費用。

9.身體健康且無不良紀錄或犯罪紀錄。

10.已投保在日停留期間，死亡、受傷及生病之相關保險。

❸ 簽證申請所需文件

1.簽證申請書。

2.2吋白底彩色證件照1張（6個月內拍攝，正面、脫帽、無背景）請貼於申請書上。

411

附錄・日本打工度假去

日本打工度假去

打工度假，現在去日本正是時候！本單元詳細介紹去日本打工度假所需的申請資格及文件資料，跟著這本書，其實申請一點也不難！

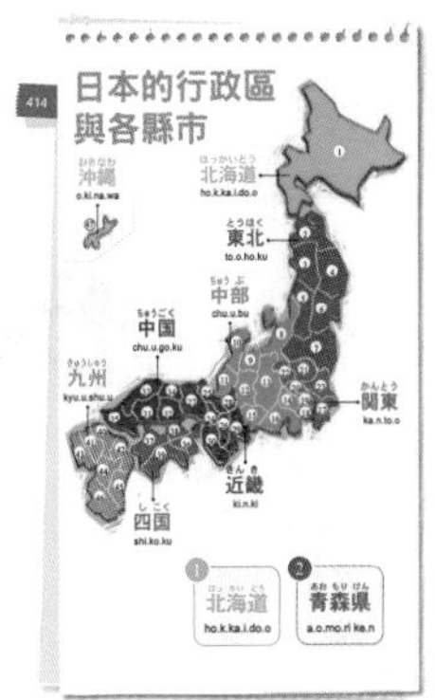

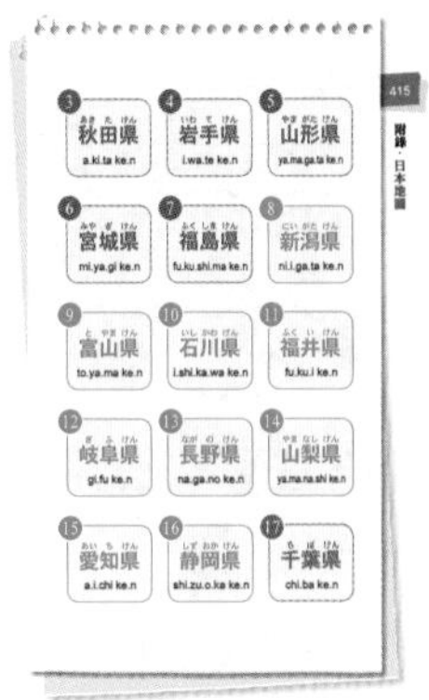

日本地圖

詳盡的日本行政區與各縣市地圖，讓您走到哪都能知道自己的所在位置！

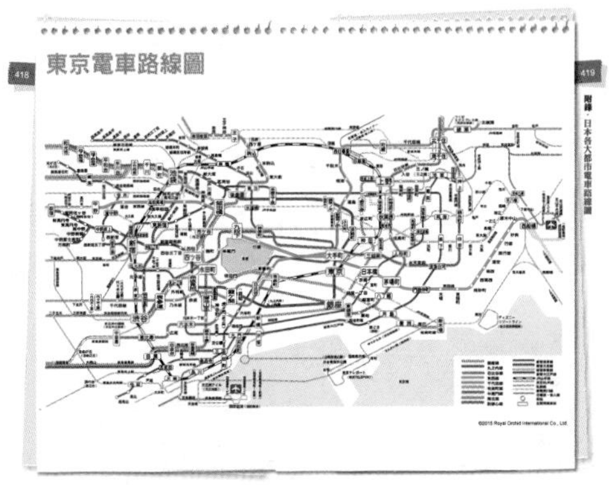

日本各大都市電車路線圖

貼心附上電車路線圖，讓您不管走在東京、京都、福岡、札幌……，一書在手，就能暢行無阻！

Contents

Contents

V • 外食

VI • 購物

Contents

XI • 各種感情、意見的表達與溝通 373

附錄 409

I・社交

場景1・自我介紹

場景2・請教有關對方

場景3・介紹他人

場景4・邀請

場景5・約定

場景6・拜訪・招待

場景7・請託

場景8・致謝

場景9・誤解・爭執

場景10・道歉

場景11・稱讚

暖身一下！

在學習日語之前

要學習道地又不失禮的日語，最好先了解日語的特色和生活禮俗，這樣在與日本人溝通時才能順利無阻礙。

日本人對不熟悉的人有害羞多慮的傾向，因此在認識之初，談話切忌深入個人隱私。此外，由於日語的遣辭用字偏好婉轉、間接的表達方式，以電車上常聽到的廣播為例，「車内(しゃない)での携帯電話(けいたいでんわ)のご使用(しよう)はご遠慮(えんりょ)ください」，照字面的意思，應翻成「車內請迴避使用行動電話」，明明是禁止，日本人卻喜歡使用委婉的勸告方式來表達。日語當中，這種委婉的表達方式，不勝枚舉，所以在與日本人交談時，常讓人有似是而非，難以捉摸的感觸。也因為如此，和日本人說話時，不宜太過直爽，否則可是會得罪人的。

雖然日本人對不熟悉的人害羞多慮，卻非常注重打招呼和問候的禮數。例如在搬新家時，會叫「引(ひ)っ越(こ)しそば」（< hi.k.ko.shi so.ba >；請新鄰居的蕎麥麵）外送請鄰居享用，藉以表達敦親睦鄰的誠意。至於為什麼是蕎麥麵，據說是取「お側(そば)に越(こ)してきました」（搬到您附近了）這句話裡「側(そば)」的諧音。不過最近多以輕便實用的清潔劑、毛巾等消耗用品或保存期限較長的小點心來取代。若讀者有機會赴日留學或就職可別忘了這些禮數，這可是融入日本社會的第一步。

至於一般的來往，日本人也相當注重問候，不論是嚴冬、暑夏、除舊布新的年底，甚至是搬家、調職、或婚喪喜慶，於公於私，都會寄出大量的明信片給親朋好友，或工作上有關係的人，除了告知自己的近況，也表示對對方的關懷。而「暑中見舞(しょちゅうみま)い」（< sho.chu.u mi.ma.i >；暑中問候）、「寒中見舞(かんちゅうみま)い」（< ka.n.chu.u mi.ma.i >；寒中問候）或「年賀状(ねんがじょう)」（< ne.n.ga.jo.o >；年底寄送的賀年片），便是日本一年中最為普遍的季節問候，即使在網路發達的現在，這種的習慣依然盛行。

逢年過節，日本人也會贈送禮品給承蒙

照顧的人，來表達心中的謝意。一般來說，以「中元」（< chu.u.ge.n >；中元）和「歲暮」（< se.e.bo >；年終）這二個時期最為普遍，而在這二個時期贈送的禮品，則分別稱為「お中元」（< o chu.u.ge.n >）和「お歲暮」（<o se.e.bo>）。

對日本的語言特色、生活禮俗有些初步的瞭解後，就讓我們敲開社交的大門，看看有哪些社交日語吧。

自己紹介（じこしょうかい）

MP3 1

ji.ko.sho.o.ka.i

自我介紹

1 はじめまして、王美麗（おうびれい）です。

ha.ji.me.ma.shi.te o.o bi.re.e de.su

初次見面，我是王美麗。

2 よろしくお願（ねが）いします。

yo.ro.shi.ku o ne.ga.i shi.ma.su

請多多指教。

3 こちらこそ、よろしくお願（ねが）いします。

ko.chi.ra ko.so yo.ro.shi.ku o ne.ga.i shi.ma.su

我也請您多多指教。

4 台湾（たいわん）から来（き）ました。

ta.i.wa.n ka.ra ki.ma.shi.ta

從台灣來的。

5 会社員(かいしゃいん)です。

ka.i.sha.i.n de.su

我是公司職員。

套進去說說看

学生(がくせい) ga.ku.se.e 學生	専業主婦(せんぎょうしゅふ) se.n.gyo.o.shu.fu 家庭主婦
大学院生(だいがくいんせい) da.i.ga.ku.i.n.se.e 研究生	公務員(こうむいん) ko.o.mu.i.n 公務員
医者(いしゃ) i.sha 醫生	美容師(びようし) bi.yo.o.shi 美容師
教師(きょうし) kyo.o.shi 教師	ガイド ga.i.do 導遊
自営業(じえいぎょう) ji.e.e.gyo.o 自營業	

6 貿易会社(ぼうえきがいしゃ)に勤(つと)めています。

bo.o.e.ki.ga.i.sha ni tsu.to.me.te i.ma.su

任職於貿易公司。

套進去說說看

銀行(ぎんこう) gi.n.ko.o 銀行	出版社(しゅっぱんしゃ) shu.p.pa.n.sha 出版社
ホテル ho.te.ru 飯店	塾(じゅく) ju.ku 補習班
病院(びょういん) byo.o.i.n 醫院	区役所(くやくしょ) ku.ya.ku.sho 區公所
エステサロン e.su.te.sa.ro.n 護膚沙龍	税関(ぜいかん) ze.e.ka.n 海關
保育所(ほいくしょ) ho.i.ku.sho 托兒所	

7 出張（しゅっちょう）で札幌（さっぽろ）に来（き）ました。

shu.c.cho.o de sa.p.po.ro ni ki.ma.shi.ta

因出差來到札幌。

套進去說說看

観光（かんこう） ka.n.ko.o 觀光	留学（りゅうがく） ryu.u.ga.ku 留學
転勤（てんきん） te.n.ki.n 調職	研修（けんしゅう） ke.n.shu.u 研修

8 元気大学（げんきだいがく）を卒業（そつぎょう）しました。

ge.n.ki da.i.ga.ku o so.tsu.gyo.o.shi.ma.shi.ta

我是元氣大學畢業的。

9 独身（どくしん）です。

do.ku.shi.n de.su

我是單身。

10 結婚(けっこん)しています。

ke.k.ko.n.shi.te i.ma.su

我結婚了。

---

11 子供(こども)が3人(さんにん)います。

ko.do.mo ga sa.n.ni.n i.ma.su

有三個小孩。

---

12 女(おんな)の子(こ)1人(ひとり)と男(おとこ)の子(こ)2人(ふたり)です。

o.n.na no ko hi.to.ri to o.to.ko no ko fu.ta.ri de.su

一個女孩和二個男孩。

---

13 社宅(しゃたく)に住(す)んでいます。

sha.ta.ku ni su.n.de i.ma.su

住在公司宿舍。

套進去說說看

学生寮(がくせいりょう) ga.ku.se.e.ryo.o 學生宿舍	賃貸(ちんたい)マンション chi.n.ta.i ma.n.sho.n 出租公寓
自宅(じたく) ji.ta.ku 自己家	

場景2 相手について尋ねる MP3 2

a.i.te ni tsu.i.te ta.zu.ne.ru

請教有關對方

1 お名前は何ですか？

o na.ma.e wa na.n de.su ka

請教大名是？

2 日本に来てどれくらいですか？

ni.ho.n ni ki.te do.re ku.ra.i de.su ka

來日本多久了呢？

3 どれくらい滞在するんですか？

do.re ku.ra.i ta.i.za.i.su.ru n de.su ka

要待多久呢？

4 誕生日はいつですか？

ta.n.jo.o.bi wa i.tsu de.su ka

生日是什麼時候呢？

5 生（う）まれはどこですか？

u.ma.re wa do.ko de.su ka

出生地在哪裡呢？

套進去說說看

学校（がっこう） ga.k.ko.o 學校	会社（かいしゃ） ka.i.sha 公司
お家（うち） o u.chi 府上	

6 どんな仕事（しごと）をなさっていますか？

do.n.na shi.go.to o na.sa.t.te i.ma.su ka

您從事怎樣的工作呢？

7 専攻（せんこう）は何（なん）ですか？

se.n.ko.o wa na.n de.su ka

你主修什麼呢？

8 兄弟(きょうだい)はいますか？

kyo.o.da.i wa i.ma.su ka

有兄弟姊妹嗎？

套進去說說看

子供(こども) ko.do.mo 小孩	彼氏(かれし) ka.re.shi 男朋友
彼女(かのじょ) ka.no.jo 女朋友	

9 何人(なんにん)家族(かぞく)ですか？

na.n.ni.n ka.zo.ku de.su ka

家族有幾個人呢？

套進去說說看

兄弟(きょうだい)

kyo.o.da.i

兄弟姊妹

10 私(わたし)は蟹座(かにざ)です。あなたは？

wa.ta.shi wa ka.ni.za de.su a.na.ta wa

我是巨蟹座。你呢？

套進去說說看

牡羊(おひつじ) o.hi.tsu.ji 牡羊	牡牛(おうし) o.u.shi 金牛
双子(ふたご) fu.ta.go 雙子	獅子(しし) shi.shi 獅子
乙女(おとめ) o.to.me 處女	天秤(てんびん) te.n.bi.n 天秤
蠍(さそり) sa.so.ri 天蠍	射手(いて) i.te 射手
山羊(やぎ) ya.gi 魔羯	水瓶(みずがめ) mi.zu.ga.me 水瓶
魚(うお) u.o 雙魚	

11 何か趣味はありますか？

なに　しゅみ

na.ni ka shu.mi wa a.ri.ma.su ka

有什麼興趣嗎？

套進去說說看

ゆめ 夢 yu.me 夢想	もくひょう 目標 mo.ku.hyo.o 目標

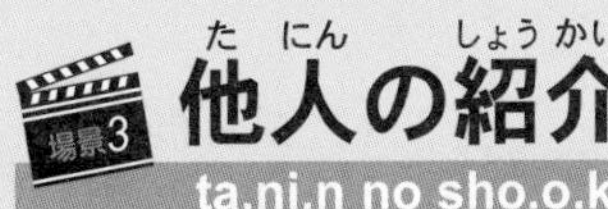

他人（たにん）の紹介（しょうかい）

ta.ni.n no sho.o.ka.i

介紹他人

1 夫（おっと）です。

o.t.to de.su

是我先生。

套進去說說看

父（ちち） chi.chi 父親	母（はは） ha.ha 母親
妻（つま） tsu.ma 太太	息子（むすこ） mu.su.ko 兒子
娘（むすめ） mu.su.me 女兒	兄（あに） a.ni 哥哥
姉（あね） a.ne 姊姊	弟（おとうと） o.to.o.to 弟弟

妹（いもうと） i.mo.o.to 妹妹	おじ o.ji 伯父；叔父
甥（おい） o.i 姪子；外甥	姪（めい） me.e 姪女；外甥女

2 こちらは上司（じょうし）の山本（やまもと）です。

ko.chi.ra wa jo.o.shi no ya.ma.mo.to de.su

這位是我的上司山本。

套進去說說看

先輩（せんぱい） se.n.pa.i 前輩；學長姐	後輩（こうはい） ko.o.ha.i 晚輩；學弟妹
同僚（どうりょう） do.o.ryo.o 同事	

3 彼(かれ)は人事部(じんじぶ)のベテランです。

ka.re wa ji.n.ji.bu no be.te.ra.n de.su

他是人事部的老手。

套進去說說看

営業(えいぎょう) e.e.gyo.o 業務	総務(そうむ) so.o.mu 總務
マーケティング ma.a.ke.ti.n.gu 行銷	

4 彼女(かのじょ)とは同(おな)じ会社(かいしゃ)に勤(つと)めています。

ka.no.jo to wa o.na.ji ka.i.sha ni tsu.to.me.te i.ma.su

和她在同一家公司上班。

套進去說說看

工場(こうじょう) ko.o.jo.o 工廠	営業所(えいぎょうしょ) e.e.gyo.o.sho 營業所
部門(ぶもん) bu.mo.n 單位；部門	

誘い（さそ）

sa.so.i

邀請

1 今晩（こんばん）、お時間（じかん）ありますか？

ko.n.ba.n o ji.ka.n a.ri.ma.su ka

今晚，有時間嗎？

套進去說說看

明日（あした） a.shi.ta 明天	あさって a.sa.t.te 後天
今度（こんど）の日曜日（にちようび） ko.n.do no ni.chi.yo.o.bi 這個禮拜天	月曜日（げつようび） ge.tsu.yo.o.bi 禮拜一
火曜日（かようび） ka.yo.o.bi 禮拜二	水曜日（すいようび） su.i.yo.o.bi 禮拜三
木曜日（もくようび） mo.ku.yo.o.bi 禮拜四	金曜日（きんようび） ki.n.yo.o.bi 禮拜五

土曜日（どようび）
do.yo.o.bi
禮拜六

2 一緒（いっしょ）に食事（しょくじ）しませんか？

i.s.sho ni sho.ku.ji.shi.ma.se.n ka

要不要一起吃飯呢？

套進去說說看

お茶（ちゃ） o cha 喝茶	勉強（べんきょう） be.n.kyo.o 讀書
買物（かいもの） ka.i.mo.no 買東西	ドライブ do.ra.i.bu 開車兜風
お出（で）かけ o de.ka.ke 出門	ゲーム ge.e.mu 打電動

3 映画(えいが)を見(み)に行(い)きませんか？

e.e.ga o mi ni i.ki.ma.se.n ka

要不要去看電影呢？

4 みんなで飲(の)みに行(い)くんですが、
参加(さんか)しませんか？

mi.n.na de no.mi ni i.ku n de.su ga
sa.n.ka.shi.ma.se.n ka

大家要一起去喝酒，要不要參加呢？

5 たまにはテニスでもどうですか？

ta.ma ni wa te.ni.su de.mo do.o de.su ka

偶爾要不要打個網球什麼的呢？

套進去說說看

ゴルフ go.ru.fu 高爾夫球	ビリヤード bi.ri.ya.a.do 撞球
バスケットボール ba.su.ke.t.to.bo.o.ru 籃球	

6 いい考(かんが)えですね。

i.i ka.n.ga.e de.su ne

真是不錯的點子啊。

7 ぜひ。

ze.hi

一定（參加）。

8 喜(よろこ)んで。

yo.ro.ko.n.de

我很樂意。

9 いつにしましょうか？

i.tsu ni shi.ma.sho.o ka

決定什麼時候呢？

10 残念(ざんねん)ですが、都合(つごう)が悪(わる)いんです。

za.n.ne.n de.su ga tsu.go.o ga wa.ru.i n de.su

很遺憾，但無法配合。

11 また誘(さそ)ってくださいね。

ma.ta sa.so.t.te ku.da.sa.i ne

再邀我喔。

---

12 別(べつ)の日(ひ)でもいいですよ。

be.tsu no hi de.mo i.i de.su yo

改天也可以喔。

---

13 そうしていただけますか？

so.o shi.te i.ta.da.ke.ma.su ka

能為我這麼做嗎？

---

14 誘(さそ)ってくれてありがとう。

sa.so.t.te ku.re.te a.ri.ga.to.o

謝謝邀請我。

約束（やくそく）

MP3 5

ya.ku.so.ku

約定

1 いつがいいですか？

i.tsu ga i.i de.su ka

什麼時候好呢？

套進去說說看

何曜日（なんようび） na.n.yo.o.bi 禮拜幾	何日（なんにち） na.n.ni.chi 幾號
何時（なんじ） na.n.ji 幾點	

2 週末（しゅうまつ）はどうですか？

shu.u.ma.tsu wa do.o de.su ka

週末如何呢？

套進去說說看

午前中（ごぜんちゅう） go.ze.n.chu.u 上午	午後（ごご） go.go 下午
夕方（ゆうがた） yu.u.ga.ta 傍晚	昼休み（ひるやすみ） hi.ru.ya.su.mi 午休
放課後（ほうかご） ho.o.ka.go 下課後	再来週（さらいしゅう） sa.ra.i.shu.u 下下週

3 いいですよ。

i.i de.su yo

沒問題喔。

4 休日(きゅうじつ)なら、いつでも大丈夫(だいじょうぶ)です。

kyu.u.ji.tsu na.ra i.tsu de.mo da.i.jo.o.bu de.su

假日的話，什麼時候都可以。

5 明日(あした)は難(むずか)しいけど、あさっては空(あ)いています。

a.shi.ta wa mu.zu.ka.shi.i ke.do a.sa.t.te wa a.i.te i.ma.su

雖然明天很困難，但後天有空。

套進去說說看

忙(いそが)しい i.so.ga.shi.i 很忙	暇(ひま)がない hi.ma ga na.i 沒空
厳(きび)しい ki.bi.shi.i 緊湊	

6 できれば早(はや)めがいいです。

de.ki.re.ba ha.ya.me ga i.i de.su

可以的話，早一點為佳。

套進去說說看

遅(おそ)め o.so.me 晚一點	給料日(きゅうりょうび) kyu.u.ryo.o.bi 發薪日
月末(げつまつ) ge.tsu.ma.tsu 月尾	

7 そちらの都合(つごう)に合(あ)わせます。

so.chi.ra no tsu.go.o ni a.wa.se.ma.su

配合您的狀況。

套進去說說看

時間(じかん) ji.ka.n 時間	スケジュール su.ke.ju.u.ru 行程
予定(よてい) yo.te.e 預定	

8 どこで会(あ)いますか？

do.ko de a.i.ma.su ka

在哪裡見面呢？

套進去說說看

待(ま)ち合(あ)わせ	落(お)ち合(あ)い
ma.chi.a.wa.se	o.chi.a.i
等候碰面	見面

9 渋谷駅前(しぶやえきまえ)のハチ公(こう)は知(し)っていますか？

shi.bu.ya.e.ki ma.e no ha.chi.ko.o wa shi.t.te i.ma.su ka

你知道澀谷車站前的八公嗎？

10 今夜(こんや)7時(しちじ)に店(みせ)の前(まえ)で会(あ)いましょう。

ko.n.ya shi.chi.ji ni mi.se no ma.e de a.i.ma.sho.o

今晚七點在店門口見吧。

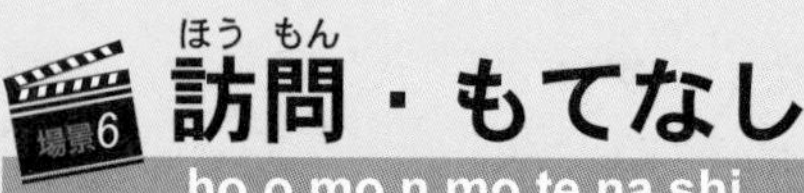

場景6 訪問・もてなし

MP3 6

ho.o.mo.n mo.te.na.shi

拜訪・招待

1 お邪魔します。

o ja.ma.shi.ma.su

打擾了。

---

2 どうぞお入りください。

do.o.zo o ha.i.ri ku.da.sa.i

請進。

套進去說說看

掛け ka.ke 坐	くつろぎ ku.tsu.ro.gi 別拘束
飲み no.mi 喝	

3 つまらないものですが……。

tsu.ma.ra.na.i mo.no de.su ga

微薄心意……。

4 ご丁寧（ていねい）にありがとうございます。

go te.e.ne.e ni a.ri.ga.to.o go.za.i.ma.su

您客氣了，謝謝。

5 コーヒーはいかがですか？

ko.o.hi.i wa i.ka.ga de.su ka

要不要咖啡？

套進去說說看

紅茶（こうちゃ） ko.o.cha 紅茶	ジュース ju.u.su 果汁
お水（みず） o mi.zu 水	

6 お言葉（ことば）に甘（あま）えて。

o ko.to.ba ni a.ma.e.te

承蒙您的盛情。

---

7 どうぞおかまいなく。

do.o.zo o ka.ma.i.na.ku

請別費心招待我。

---

8 砂糖（さとう）とミルクはどうなさいますか？

sa.to.o to mi.ru.ku wa do.o na.sa.i.ma.su ka

要不要糖和奶精呢？

---

9 お代（か）わりはいかがですか？

o ka.wa.ri wa i.ka.ga de.su ka

再來一杯如何呢？

---

10 いいえ、結構（けっこう）です。

i.i.e ke.k.ko.o de.su

不，不用了。

⓫ そろそろ失礼(しつれい)します。

so.ro.so.ro shi.tsu.re.e.shi.ma.su

差不多該走了。

⓬ また来(き)てくださいね。

ma.ta ki.te ku.da.sa.i ne

請再來喔。

⓭ 今度(こんど)我(わ)が家(や)にも遊(あそ)びに来(き)てください。

ko.n.do wa.ga.ya ni mo a.so.bi ni ki.te ku.da.sa.i

下次也請來我家玩。

頼み（たの）

ta.no.mi

請託

MP3 7

1 頼（たの）みたいことがあるんですが……。

ta.no.mi.ta.i ko.to ga a.ru n de.su ga

我有事情想拜託你……。

2 ちょっとお願（ねが）いしてもいいですか？

cho.t.to o ne.ga.i shi.te.mo i.i de.su ka

可以麻煩你一下嗎？

3 すみませんが、ちょっと手伝（てつだ）ってもらえますか？

su.mi.ma.se.n ga cho.t.to te.tsu.da.t.te mo.ra.e.ma.su ka

不好意思，可以幫我一下忙嗎？

4 何（なん）でしょうか？

na.n de.sho.o ka

什麼事呢？

5 ごめんなさい、今(いま)はちょっと……。

go.me.n.na.sa.i i.ma wa cho.t.to

很抱歉，現在有點……。

6 ちょっとならいいですよ。

cho.t.to na.ra i.i de.su yo

一下子的話可以啦。

7 お手洗(てあら)いを借(か)りてもいいですか？

o te.a.ra.i o ka.ri.te mo i.i de.su ka

可以借個廁所嗎？

套進去說說看

辞書(じしょ) ji.sho 辭典	ペン pe.n 筆
電話(でんわ) de.n.wa 電話	

お礼（れい）

o re.e

致謝

MP3 8

1 ありがとう。

a.ri.ga.to.o

謝謝。

2 先日（せんじつ）はありがとうございました。

se.n.ji.tsu wa a.ri.ga.to.o go.za.i.ma.shi.ta

那一天多謝了。

3 大変（たいへん）お世話（せわ）になりました。

ta.i.he.n o se.wa ni na.ri.ma.shi.ta

承蒙很大的照顧。

4 おかげさまで、うまく行（い）きました。

o ka.ge.sa.ma de u.ma.ku i.ki.ma.shi.ta

託您的福，進行得很順利。

5 本当(ほんとう)に助(たす)かりました。

ho.n.to.o ni ta.su.ka.ri.ma.shi.ta

真是幫了我大忙。

6 どういたしまして。

do.o i.ta.shi.ma.shi.te

不客氣。

7 とんでもないです。

to.n.de.mo na.i de.su

哪裡的話。

8 お役(やく)に立(た)ててうれしいです。

o ya.ku ni ta.te.te u.re.shi.i de.su

很高興對您有幫助。

MP3 9

誤解・争い

go.ka.i a.ra.so.i

誤解・爭執

1 私の誤解かもしれません。

wa.ta.shi no go.ka.i ka.mo shi.re.ma.se.n

或許是我的誤解。

套進去說說看

勘違い ka.n.chi.ga.i 誤會	思い過ごし o.mo.i.su.go.shi 多慮
ミス mi.su 失誤	

2 誤解なら謝ります。

go.ka.i na.ra a.ya.ma.ri.ma.su

如果是誤會，向你道歉。

3 そんなことを言った覚えはありません。

so.n.na ko.to o i.t.ta o.bo.e wa a.ri.ma.se.n

我不記得說過那樣的話。

4 言いがかりは止めてください。

i.i.ga.ka.ri wa ya.me.te ku.da.sa.i

請不要找碴。

5 ケチをつけるな！

ke.chi o tsu.ke.ru na

別雞蛋裡挑骨頭！

6 よくそんなことが言えますね。

yo.ku so.n.na ko.to ga i.e.ma.su ne

那種話竟說得出口。

7 これ以上言っても無駄でしょう。

ko.re i.jo.o i.t.te mo mu.da de.sho.o

再說下去也沒用吧。

お詫び（わ）

MP3 10

o wa.bi

道歉

1 ごめんなさい。

go.me.n.na.sa.i

對不起。

---

2 すみません。

su.mi.ma.se.n

對不起；麻煩一下。

---

3 ちょっと失礼（しつれい）します。

cho.t.to shi.tsu.re.e.shi.ma.su

失禮一下（常用於「借過」等稍微麻煩人家的場面）。

4 ご迷惑(めいわく)をおかけして申(もう)し訳(わけ)ございません。

go me.e.wa.ku o o ka.ke shi.te mo.o.shi.wa.ke go.za.i.ma.se.n

對不起造成您的困擾。

5 お待(ま)たせしました。

o ma.ta.se shi.ma.shi.ta

讓您久等了。

6 お騒(さわ)がせして申(もう)し訳(わけ)ございません。

o sa.wa.ga.se shi.te mo.o.shi.wa.ke go.za.i.ma.se.n

引起騷動真是抱歉。

7 どうか許(ゆる)してください。

do.o.ka yu.ru.shi.te ku.da.sa.i

請見諒。

8 気(き)にしないでください。

ki ni shi.na.i.de ku.da.sa.i

請不要放在心上。

褒(ほ)める

MP3 11

ho.me.ru

稱讚

1 本当(ほんとう)に素敵(すてき)ですね。

ho.n.to.o ni su.te.ki de.su ne

真是漂亮啊。

套進去說說看

きれい ki.re.e 美麗；乾淨	すごい su.go.i 厲害
賢(かしこ)い ka.shi.ko.i 聰明	

2 目(め)が高(たか)いですね。

me ga ta.ka.i de.su ne

眼光真高啊。

3 センスがいいですね。

se.n.su ga i.i de.su ne

品味真好啊。

套進去說說看

度胸（どきょう） do.kyo.o 膽量	気前（きまえ） ki.ma.e 氣度（形容慷慨）
頭（あたま） a.ta.ma 腦筋	

4 彼女（かのじょ）は気（き）が利（き）きますね。

ka.no.jo wa ki ga ki.ki.ma.su ne

她真是機靈啊。

5 こんなにおいしいケーキは初（はじ）めてです。

ko.n.na.ni o.i.shi.i ke.e.ki wa ha.ji.me.te de.su

第一次吃到這麼好吃的蛋糕。

6 あなたほど上手（じょうず）な人（ひと）はいません。

a.na.ta ho.do jo.o.zu.na hi.to wa i.ma.se.n

沒有人能像你那麼拿手。

實戰會話1

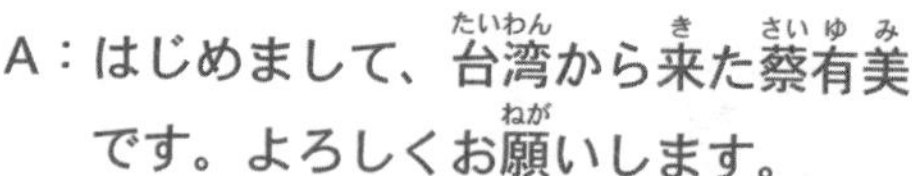

A：はじめまして、台湾(たいわん)から来(き)た蔡有美(さいゆみ)です。よろしくお願(ねが)いします。

ha.ji.me.ma.shi.te ta.i.wa.n ka.ra ki.ta sa.i yu.mi de.su yo.ro.shi.ku o ne.ga.i shi.ma.su

初次見面，來自台灣的蔡有美。請多多指教。

B：桜井元気(さくらいげんき)と申(もう)します。

こちらこそ、よろしくお願(ねが)いします。

sa.ku.ra.i ge.n.ki to mo.o.shi.ma.su

ko.chi.ra ko.so yo.ro.shi.ku o ne.ga.i shi.ma.su

我叫櫻井元氣，也請您多多指教。

日本(にほん)は初(はじ)めてですか？

ni.ho.n wa ha.ji.me.te de.su ka

日本是第一次嗎？

A：いいえ、旅行(りょこう)でよく来(き)ます。

i.i.e ryo.ko.o de yo.ku ki.ma.su

不，我旅行常來。

實戰會話2

A：今晩(こんばん)、家(うち)に食事(しょくじ)に来(き)ませんか？

ko.n.ba.n u.chi ni sho.ku.ji ni ki.ma.se.n ka

今晚要不要來我家吃飯呢？

B：いいんですか？喜(よろこ)んで。

i.i n de.su ka yo.ro.ko.n.de

可以嗎？我很樂意。

A：私(わたし)の両親(りょうしん)にも会(あ)って
ほしいんですが……。

wa.ta.shi no ryo.o.shi.n ni mo a.t.te
ho.shi.i n de.su ga

也希望你見見我的父母……。

B：楽(たの)しみです。

ta.no.shi.mi de.su

很期待。

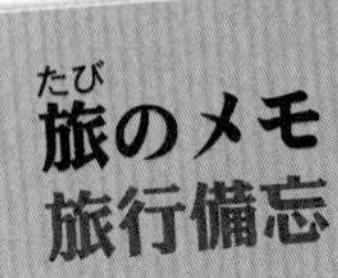

在日本＿＿＿＿＿（地名）**認識的日本人**＿＿＿＿＿（人名）

（請您認識的日本人做以下的問題吧！）

性別：　　　　　　　　　　　年齡：

居住地：　　　　　　　　　　職業：

Q：台湾(たいわん)をご存知(ぞんじ)ですか？

台湾(たいわん)の第一印象(だいいちいんしょう)と言(い)えば？

您知道台灣嗎？說到台灣，您對台灣的第一印象是？

II・問候與打招呼

場景1 ● 平時的寒暄

場景2 ● 初次見面

場景3 ● 久別重逢

場景4 ● 天氣

場景5 ● 關心

場景6 ● 道別

場景7 ● 祝賀

暖身一下！

掌握訣竅，和日本人交談不再臉紅心跳

打招呼是各國共通的禮儀，同時也是輕鬆展開會話的不二法門。日本是個相當注重打招呼的國家，即使不熟稔，碰面時「早安」、「午安」、「你好」這些基本招呼語一定少不了。雖然僅道聲「早安」、「午安」並不失禮，對於較為熟悉的對象，總是有些意猶未盡、甚至冷淡的感覺。因此日本人還會找些無關緊要的話題來打招呼，其中最普遍的就是天氣的話題。例如「いいお天気ですね」（< i.i o te.n.ki de.su ne >；天氣真好啊）、「寒いですね」（< sa.mu.i de.su ne >；真是冷啊）等等。

為什麼是天氣？據說是因為日本四季分明，大家對天氣的變化較為敏感，再加上日本人頗注重個人隱私，若是一般的交情，招呼多是點到為止，不會太過深入。而天氣這個話題，既不牽涉個人隱私、又不必傷腦筋去想，自然而然成了最普遍的招呼語。與不熟悉的日本人交談，若不知如何開口、該聊些什麼的時候，這絕對是個極佳的材料。會話一旦展開，接下來，只要掌握「附和」的技巧，即使日語程度不好，也可以讓會話圓滑進行，更進一步投入會話的狀況。

別人講話的時候，要仔細聆聽，不可以插嘴，雖是眾所皆知的禮儀，但與日本人交談時這就不盡然了，除了要仔細聽，還得適時「附和」才不失禮。因為「附和」是自己有在聽對方講話的信號，同時也是讓對方知道你對他講話的內容是否有興趣、認同或理解的訊息。一味只聽對方講，卻無任何反應，不僅沒禮貌，也會造成對方不安的。

常見的附和語，如「ええ」（< e.e >；嗯）、「へー」（< he.e >；咦）、「本当（ほんとう）？」（< ho.n.to.o >；真的嗎？）、「うそ」（< u.so >；你沒騙我吧）、「そうですか？」（< so.o de.su ka >；是這樣嗎？）、「私（わたし）もそう思（おも）います」（< wa.ta.shi mo so.o o.mo.i.ma.su >；我也是這麼想）、

「なるほど」（< na.ru.ho.do >；的確、果然）等等。

此外，適時的附和若能添加「羨ましい」（< u.ra.ya.ma.shi.i >；真羨慕）、「すごいですね」（< su.go.i de.su ne >；好厲害喔）、「きれいですね」（< ki.re.e de.su ne >；真漂亮啊）等個人感想或讚美，那就更無懈可擊囉。

普段(ふだん)の挨拶(あいさつ)

fu.da.n no a.i.sa.tsu

平時的寒暄

1 おはよう。

o.ha.yo.o

早安。

---

2 こんにちは。

ko.n.ni.chi.wa

你好；午安。

---

3 こんばんは。

ko.n.ba.n.wa

晚安。

---

4 お休(やす)みなさい。

o ya.su.mi.na.sa.i

晚安；請好好休息。

5 行(い)ってきます。

i.t.te ki.ma.su

我走了。

6 行(い)ってらっしゃい。

i.t.te ra.s.sha.i

慢走。

7 ただいま。

ta.da.i.ma

我回來了。

8 おかえり。

o ka.e.ri

回來啦。

初対面

しょたいめん

sho.ta.i.me.n

初次見面

1 はじめまして。

ha.ji.me.ma.shi.te

幸會；初次見面。

2 よろしくお願(ねが)いします。

yo.ro.shi.ku o ne.ga.i shi.ma.su

請多多指教。

3 こちらこそ。

ko.chi.ra ko.so

彼此彼此。

4 ようこそいらっしゃいました。

yo.o.ko.so i.ra.s.sha.i.ma.shi.ta

歡迎光臨。

5 主人(しゅじん)がいつもお世話(せわ)になっています。

shu.ji.n ga i.tsu.mo o se.wa ni na.t.te i.ma.su

我先生一直承蒙您的關照。

套進去說說看

妻(つま) tsu.ma 太太	息子(むすこ) mu.su.ko 兒子
娘(むすめ) mu.su.me 女兒	

6 一度(いちど)お会(あ)いしたいと思(おも)っていました。

i.chi.do o a.i shi.ta.i to o.mo.t.te i.ma.shi.ta

以前就很想見您一面了。

7 お会(あ)いできてとてもうれしいです。

o a.i de.ki.te to.te.mo u.re.shi.i de.su

很高興見到您。

8 お目(め)にかかれて光栄(こうえい)です。

o me ni ka.ka.re.te ko.o.e.e de.su

能見到您，真是光榮。

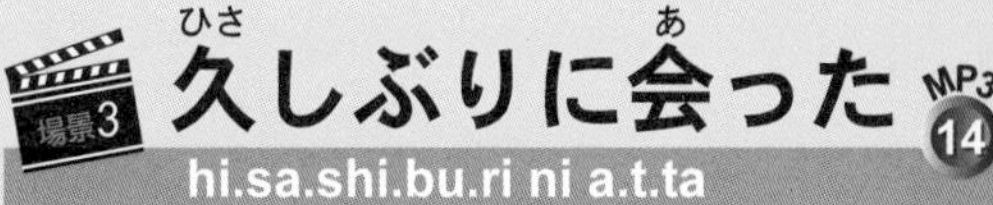

場景3 久しぶりに会った

hi.sa.shi.bu.ri ni a.t.ta

久別重逢

1 お久しぶりです。

o hi.sa.shi.bu.ri de.su

好久不見。

---

2 お変わりありませんか？

o ka.wa.ri a.ri.ma.se.n ka

有沒有什麼改變呢？

---

3 お元気ですか？

o ge.n.ki de.su ka

你好嗎？

---

4 おかげさまで元気です。

o ka.ge.sa.ma de ge.n.ki de.su

託你的福，我很好。

5 そちらは？

so.chi.ra wa

那您呢？

---

6 お仕事(しごと)のほうはいかがですか？

o shi.go.to no ho.o wa i.ka.ga de.su ka

工作方面如何呢？

套進去說說看

勉強(べんきょう) be.n.kyo.o 學習	新婚生活(しんこんせいかつ) shi.n.ko.n se.e.ka.tsu 新婚生活
恋(こい) ko.i 戀愛	

---

7 たまには連絡(れんらく)ください。

ta.ma ni wa re.n.ra.ku ku.da.sa.i

偶而請給個聯絡。

天気（てんき）

te.n.ki

天氣

MP3 15

1 今日（きょう）は暖（あたた）かいですね。

kyo.o wa a.ta.ta.ka.i de.su ne

今天真暖和啊。

套進去說說看

暑（あつ）い a.tsu.i 好熱	寒（さむ）い sa.mu.i 好冷
涼（すず）しい su.zu.shi.i 好涼爽	いい天気（てんき） i.i te.n.ki 天氣真好

2 もうすぐ春(はる)ですね。

mo.o.su.gu ha.ru de.su ne

就快要春天了呢。

套進去說說看

夏(なつ) na.tsu 夏天	秋(あき) a.ki 秋天
冬(ふゆ) fu.yu 冬天	

3 そろそろ台風(たいふう)の季節(きせつ)ですね。

so.ro.so.ro ta.i.fu.u no ki.se.tsu de.su ne

快是颱風的季節了呢。

套進去說說看

花見(はなみ) ha.na.mi 賞花	鍋(なべ) na.be 火鍋
紅葉(もみじ) mo.mi.ji 楓葉	花粉症(かふんしょう) ka.fu.n.sho.o 花粉症

しおひ が 潮干狩り shi.o.hi.ga.ri 海灘上挖貝	はな び 花火 ha.na.bi 煙火
ころも が 衣替え ko.ro.mo.ga.e 換季	ひっ こ 引越し hi.k.ko.shi 搬家
しんちゃ 新茶 shi.n.cha 新茶	

---

4 雪(ゆき)が降(ふ)りそうですね。

yu.ki ga fu.ri.so.o de.su ne

好像快下雪了呢。

---

5 雨(あめ)が止(や)まないですね。

a.me ga ya.ma.na.i de.su ne

雨下個不停啊。

6 今日（きょう）は気温（きおん）が高（たか）いですね。

kyo.o wa ki.o.n ga ta.ka.i de.su ne

今天的氣溫真高呢。

套進去說說看

湿度（しつど） shi.tsu.do 溼度	不快指数（ふかいしすう） fu.ka.i shi.su.u 不舒服指數

7 ようやく晴（は）れましたね。

yo.o.ya.ku ha.re.ma.shi.ta ne

終於放晴了呢。

8 今日（きょう）は日差（ひざ）しが強（つよ）いですね。

kyo.o wa hi.za.shi ga tsu.yo.i de.su ne

今天陽光好強啊。

套進去說說看

風（かぜ） ka.ze 風	雨（あめ） a.me 雨

9 明日(あした)は晴(は)れるそうです。

a.shi.ta wa ha.re.ru so.o de.su

聽說明天會放晴。

套進去說說看

曇(くも)る ku.mo.ru 變陰天	暑(あつ)くなる a.tsu.ku na.ru 變熱
冷(ひ)える hi.e.ru 變冷	雨(あめ)が降(ふ)る a.me ga fu.ru 下雨

10 出(で)かけるときは、傘(かさ)を忘(わす)れないでください。

de.ka.ke.ru to.ki wa ka.sa o wa.su.re.na.i.de ku.da.sa.i

出門時，請別忘了帶傘。

気づかい

ki.zu.ka.i

關心

1 体の具合はどうですか？

ka.ra.da no gu.a.i wa do.o de.su ka

身體的情況如何呢？

套進去說說看

体調 ta.i.cho.o 身體狀況	住み心地 su.mi.go.ko.chi 住起來的感覺
寝心地 ne.go.ko.chi 睡起來的感覺	

2 傷口はもう大丈夫ですか？

ki.zu.gu.chi wa mo.o da.i.jo.o.bu de.su ka

傷口已經沒問題了嗎？

套進去說說看

風邪（かぜ） ka.ze 感冒	腰（こし） ko.shi 腰
膝（ひざ） hi.za 膝蓋	

3 すっかり治（なお）りました。

su.k.ka.ri na.o.ri.ma.shi.ta

完全康復了。

4 顔色（かおいろ）がすぐれないようですね。

ka.o.i.ro ga su.gu.re.na.i yo.o de.su ne

臉色好像不是很好耶。

5 どこか具合（ぐあい）でも悪（わる）いんですか？

do.ko ka gu.a.i de.mo wa.ru.i n de.su ka

有哪裡不舒服嗎？

6 何(なに)かあったんですか？

na.ni ka a.t.ta n de.su ka

發生了什麼事嗎？

7 あんまり心配(しんぱい)しないでください。

a.n.ma.ri shi.n.pa.i.shi.na.i.de ku.da.sa.i

請不要太擔心。

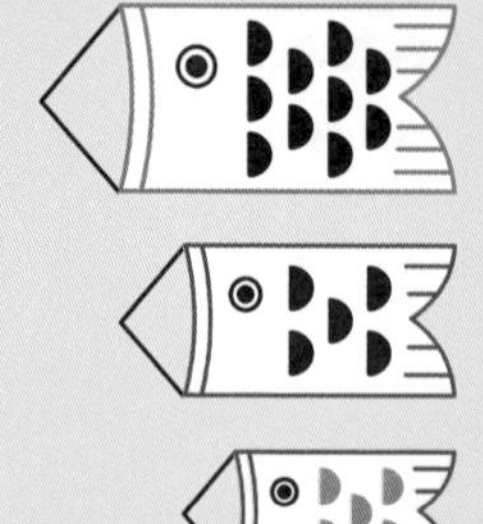

別(わか)れ

wa.ka.re

MP3 17

道別

1 お先(さき)に失礼(しつれい)します。

o sa.ki ni shi.tsu.re.e.shi.ma.su

對不起我先走了。

2 お疲(つか)れさま。

o tsu.ka.re.sa.ma

辛苦了。（對平輩、長輩用）

3 ご苦労様(くろうさま)。

go ku.ro.o.sa.ma

辛苦了。（對平輩或晚輩，或幫忙做事的人）

4 また明日(あした)。

ma.ta a.shi.ta

明天見。

5 さようなら。

sa.yo.o.na.ra

再見。

6 連絡(れんらく)を取(と)り合(あ)いましょう。

re.n.ra.ku o to.ri.a.i.ma.sho.o

保持聯絡吧。

7 ご家族(かぞく)にもよろしくお伝(つた)えください。

go ka.zo.ku ni mo yo.ro.shi.ku o tsu.ta.e ku.da.sa.i

也請代我向您的家人問好。

8 お気(き)をつけて。

o ki o tsu.ke.te

請小心慢走。

祝(いわ)う

i.wa.u

MP3 18

祝賀

1 ご結婚(けっこん)おめでとう。

go ke.k.ko.n o.me.de.to.o

恭喜你結婚。

套進去說說看

ご昇進(しょうしん) go sho.o.shi.n 高昇	ご卒業(そつぎょう) go so.tsu.gyo.o 畢業
合格(ごうかく) go.o.ka.ku 合格	ご当選(とうせん) go to.o.se.n 當選；中獎
ご進級(しんきゅう) go shi.n.kyu.u 晉級；升級	お誕生日(たんじょうび) o ta.n.jo.o.bi 生日

2 メリークリスマス。

me.ri.i ku.ri.su.ma.su

聖誕快樂。

---

3 よいお年(とし)を。

yo.i o to.shi o

請迎接美好的一年（用於年底的祝福語）。

---

4 あけましておめでとうございます。

a.ke.ma.shi.te o.me.de.to.o go.za.i.ma.su

恭喜新年快樂。

---

5 末永(すえなが)くお幸(しあわ)せに。

su.e.na.ga.ku o shi.a.wa.se ni

祝您永遠幸福。

---

6 いつまでもお元気(げんき)で。

i.tsu ma.de mo o ge.n.ki de

祝您永遠健康。

實戰會話1

A：腰の調子が悪いんですか？

ko.shi no cho.o.shi ga wa.ru.i n de.su ka

腰的狀況不好嗎？

B：じつはぎっくり腰になっちゃったんですよ。

ji.tsu wa gi.k.ku.ri.go.shi ni na.c.cha.t.ta n de.su yo

老實說，是閃到腰了啦。

A：それは大変ですね。

so.re wa ta.i.he.n de.su ne

那真糟糕啊。

B：鍼を打ってもらったので、何とかなるでしょう。

ha.ri o u.t.te mo.ra.t.ta no.de na.n to.ka na.ru de.sho.o

我針灸過了，所以不成問題吧。

A：お大事に。

o da.i.ji ni

請保重。

實戰會話2

A：お久しぶりですね。

o hi.sa.shi.bu.ri de.su ne

好久不見啊。

B：ええ、本当に。お仕事は相変わらず忙しいですか？

e.e ho.n.to.o ni o shi.go.to wa a.i.ka.wa.ra.zu i.so.ga.shi.i de.su ka

是啊，真的耶。工作還是一樣忙嗎？

A：そうですね。いろいろあって大変です。

so.o de.su ne i.ro.i.ro a.t.te ta.i.he.n de.su

是啊。有很多事情很辛苦。

B：何か手伝えることがあったら、遠慮せずに言ってくださいね。

na.ni ka te.tsu.da.e.ru ko.to ga a.t.ta.ra e.n.ryo.se.zu ni i.t.te ku.da.sa.i ne

有什麼事情需要幫忙的話，請別客氣要告訴我喔。

A：その時は、ぜひお願いします。

so.no to.ki wa ze.hi o ne.ga.i shi.ma.su

那個時候，一定拜託您了。

在日本________（地名）**認識的日本人**__________（人名）

（請您認識的日本人做以下的問題吧！）

性別：　　　　　　　　　　年齡：

居住地：　　　　　　　　　職業：

Q：台湾（たいわん）をご存知（ぞんじ）ですか？

台湾（たいわん）の第一印象（だいいちいんしょう）と言（い）えば？

您知道台灣嗎？說到台灣，您對台灣的第一印象是？

Ⅲ・一天的生活

場景1・睡醒

場景2・早晨的準備

場景3・通勤・通學

場景4・家事

場景5・回家

場景6・用餐

場景7・洗澡

場景8・電視

場景9・就寢

暖身一下！

日本上班族真辛苦！

日本上班族的基本工時加上俗稱的「**サービス残業**」（< sa.a.bi.su za.n.gyo.o >；無薪加班），實質勞動時間居世界之冠。尤其是都會的上班族，若再加上「**通勤地獄**」（< tsu.u.ki.n ji.go.ku >；通勤地獄，形容上下班交通擁擠如地獄般的痛苦）的煎熬，實在是辛苦啊。

在日本，每天都有難以數計的上班族或學生從郊區湧向各大都市上班或上學，因此在尖峰時段的電車，總是擁擠不堪，即使乘車率超過200%以上，也毫不為奇，特別擁擠的大站，甚至有專員負責把乘客推進車廂呢！除了忍受擁擠的痛苦，女性還得不時提防「**痴漢**」（< chi.ka.n >；鹹豬手、色狼）的騷擾。近年來各大鐵路公司的通勤路段，雖然都相繼開始了「**女性専用車両**」（< jo.se.e se.n.yo.o sha.ryo.o >；女性專用車廂）的服務，因為人數過多不敷使用，或趕時間來不及搭乘離出入口較遠的專用車廂，大多數的女性還是會就近使用一般車廂。用「地獄」來形容通勤、通學者的辛酸，的確再恰當也不過了。

工作、生活壓力如此之大，若無適當的娛樂或消遣來舒壓解疲，日子當然無法持久，這也是日本許多上班族喜歡在下班後就近小酌一番的原因。泡澡，也是日本人鍾愛的另一種放鬆方式，喜歡看日劇的朋友，有沒有發現，當老婆的常對下班剛進門的老公說：「お風呂(ふろ)とご飯(はん)、どっちを先(さき)にする？」（< o fu.ro to go.ha.n do.c.chi o sa.ki ni su.ru >；你要先洗澡還是吃飯？），大部分都會先去洗澡，然後在吃飯時再開瓶冰涼的啤酒，以體恤一天的辛勞。

說到泡澡，相信大家都知道日本人是個愛洗澡、也深諳洗澡藝術的民族。曾造訪日本的朋友，有沒有發現日本飯店的浴缸又大又深？日式旅館的大澡堂，有沒有讓您留下深刻的印象？而日本市面上販賣的沐浴用品，不論是溫泉精、沐浴乳、還是洗澡的各種小道具，有沒有讓您目不暇給？相信您的答案是肯定的。此外，即使自己家裡有浴缸，很多日本人還是覺得不過癮，喜歡去外面的「銭湯」（< se.n.to.o >；公共澡堂）或「健康ランド」（< ke.n.ko.o ra.n.do >；規模、設備、服務更加齊全的沐浴設施）享受更上一層樓的沐浴樂趣。而休假期間，也有不少人專程前往溫泉聖地泡湯呢！忙碌了一整天的您，不妨參考看看，好好的泡個澡來消疲解勞吧！

目覚め(めざ)

MP3 19

me.za.me

睡醒

1 おはよう。

o.ha.yo.o

早安。

---

2 よく眠(ねむ)れた？

yo.ku ne.mu.re.ta

睡得好嗎？

---

3 あんまりよく眠(ねむ)れなかった。

a.n.ma.ri yo.ku ne.mu.re.na.ka.t.ta

睡得不太好。

---

4 早(はや)く起(お)きなさい。

ha.ya.ku o.ki.na.sa.i

快點起床。

090

5 もう少(すこ)し寝(ね)させて。

mo.o su.ko.shi ne.sa.se.te

再讓我睡一會兒。

6 あと10分(じゅっぷん)。

a.to ju.p.pu.n

再十分鐘。

7 しまった！寝坊(ねぼう)した。

shi.ma.t.ta ne.bo.o.shi.ta

完了！睡過頭了。

8 なんで起(お)こしてくれなかったの？

na.n.de o.ko.shi.te ku.re.na.ka.t.ta no

為什麼不叫我起床？

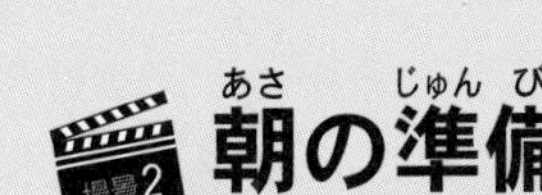

朝(あさ)の準備(じゅんび)

a.sa no ju.n.bi

早晨的準備

1 さっさと顔(かお)を洗(あら)いなさい。

sa.s.sa.to ka.o o a.ra.i.na.sa.i

趕快去洗臉。

套進去說說看

歯(は)を磨(みが)き ha o mi.ga.ki 刷牙	着替(きが)え ki.ga.e 換衣服
ご飯(はん)を食(た)べ go.ha.n o ta.be 吃飯	

092

2 歯磨き粉がない。

ha.mi.ga.ki.ko ga na.i

沒有牙膏。

套進去說說看

タオル ta.o.ru 毛巾	ティッシュ ti.s.shu 衛生紙
洗顔料 se.n.ga.n.ryo.o 洗面乳	石鹸 se.k.ke.n 肥皂
歯ブラシ ha.bu.ra.shi 牙刷	ナプキン na.pu.ki.n 衛生棉；餐巾

3 何を着ようかな？

na.ni o ki.yo.o ka na

穿什麼好呢？

4 テレビを見(み)ながら食(た)べないでよ。

te.re.bi o mi.na.ga.ra ta.be.na.i.de yo

不要一邊看電視一邊吃啦。

套進去說說看

遊(あそ)びながら a.so.bi.na.ga.ra 一邊玩	新聞(しんぶん)を読(よ)みながら shi.n.bu.n o yo.mi.na.ga.ra 一邊看報紙
しゃべりながら sha.be.ri.na.ga.ra 一邊講話	

5 早(はや)くしないと遅刻(ちこく)するよ。

ha.ya.ku shi.na.i to chi.ko.ku.su.ru yo

不快一點，會遲到喔。

6 やばい！もうこんな時間(じかん)！

ya.ba.i mo.o ko.n.na ji.ka.n

糟糕！已經這麼晚了！

7 早く行かなくちゃ！

ha.ya.ku i.ka.na.ku.cha

不趕緊出門不行了！

---

8 忘れ物はないよね。

wa.su.re.mo.no wa na.i yo ne

沒忘東西吧。

通勤・通学

tsu.u.ki.n tsu.u.ga.ku

通勤・通學

1 行ってきます。

i.t.te ki.ma.su

我走了。

2 行ってらっしゃい。

i.t.te ra.s.sha.i

慢走。

3 15分の特急電車にぎりぎり間に合った。

ju.u.go.fu.n no to.k.kyu.u de.n.sha ni gi.ri.gi.ri ma.ni.a.t.ta

勉強趕上了十五分的特急電車。

套進去說說看

快速	急行
ka.i.so.ku	kyu.u.ko.o
快速	急行

普通（ふつう） fu.tsu.u 普通	各停（かくてい） ka.ku.te.e 各站都停

4 毎日（まいにち）、電車（でんしゃ）で通勤（つうきん）しています。

ma.i.ni.chi de.n.sha de tsu.u.ki.n.shi.te i.ma.su

我每天搭電車上班。

套進去說說看

バスで ba.su de 搭巴士	自転車（じてんしゃ）で ji.te.n.sha de 騎腳踏車
車（くるま）で ku.ru.ma de 開車	歩（ある）いて a.ru.i.te 走路

5 定期券（ていきけん）の有効期限（ゆうこうきげん）が切（き）れて
しまいました。

te.e.ki.ke.n no yu.u.ko.o ki.ge.n ga ki.re.te

shi.ma.i.ma.shi.ta

月票的有效期限過了。

6 通勤時間(つうきんじかん)は約(やく)1時間(いちじかん)です。

tsu.u.ki.n ji.ka.n wa ya.ku i.chi.ji.ka.n de.su

通勤時間大約一小時。

家事（かじ）

ka.ji

家事

1 掃除（そうじ）しなきゃ。

so.o.ji.shi.na.kya

不打掃不行了。

2 ついでにゴミを出（だ）して来（き）てくれる？

tsu.i.de ni go.mi o da.shi.te ki.te ku.re.ru

能不能順便幫我倒垃圾？

3 今日（きょう）は可燃（かねん）ゴミの日（ひ）？

kyo.o wa ka.ne.n go.mi no hi

今天是倒可燃垃圾的日子嗎？

套進去說說看

不燃（ふねん）	粗大（そだい）
fu.ne.n	so.da.i
不可燃	大型

資源（しげん）	プラ
shi.ge.n	pu.ra
資源	塑膠

4 アイロン掛（が）けは週末（しゅうまつ）にしよう。

a.i.ro.n.ga.ke wa shu.u.ma.tsu ni shi.yo.o

週末再來燙衣服吧。

套進去說說看

窓拭（まどふ）き	雑巾掛（ぞうきんが）け
ma.do.fu.ki	zo.o.ki.n.ga.ke
擦窗戶	擦地板
洗濯（せんたく）	草刈（くさか）り
se.n.ta.ku	ku.sa.ka.ri
洗衣服	除草
大掃除（おおそうじ）	洗車（せんしゃ）
o.o.so.o.ji	se.n.sha
大掃除	洗車

5 埃（ほこり）がけっこう溜（た）まってるね。

ho.ko.ri ga ke.k.ko.o ta.ma.t.te ru ne

灰塵堆積得真不少啊。

套進去說說看

洗濯物（せんたくもの）	洗い物（あらいもの）
se.n.ta.ku.mo.no	a.ra.i.mo.no
待洗的衣物	待洗的碗盤
不用品（ふようひん）	
fu.yo.o.hi.n	
沒用的東西	

---

6 洗濯物（せんたくもの）を取（と）り込（こ）んでくれる？

se.n.ta.ku.mo.no o to.ri.ko.n.de ku.re.ru

能替我（把）衣服收進來嗎？

套進去說說看

畳（たた）んで	干（ほ）して
ta.ta.n.de	ho.shi.te
折起來	曬起來
しまって	
shi.ma.t.te	
收起來	

7 今夜（こんや）、何（なに）を作（つく）ろうかな？

ko.n.ya na.ni o tsu.ku.ro.o ka na

今晚，要做什麼菜呢？

8 食事（しょくじ）の前（まえ）にテーブルを片付（かたづ）けて。

sho.ku.ji no ma.e ni te.e.bu.ru o ka.ta.zu.ke.te

飯前把桌子收拾乾淨。

9 そろそろ夕食（ゆうしょく）の時間（じかん）よ。

so.ro.so.ro yu.u.sho.ku no ji.ka.n yo

差不多是晚飯的時間囉。

套進去說說看

朝食（ちょうしょく） cho.o.sho.ku 早飯	昼食（ちゅうしょく） chu.u.sho.ku 午飯
夜食（やしょく） ya.sho.ku 宵夜	おやつ o.ya.tsu 點心

10 今日(きょう)は給料日(きゅうりょうび)だから、寿司(すし)でも取(と)ろうか？

kyo.o wa kyu.u.ryo.o.bi da.ka.ra su.shi de.mo to.ro.o ka

今天是發薪日，所以要不要叫壽司什麼的呢？

套進去說說看

出前(でまえ) de.ma.e 外送	鰻丼(うなどん) u.na.do.n 鰻魚蓋飯
ピザ pi.za 披薩	

帰宅（きたく）

MP3 23

ki.ta.ku

回家

1 ただいま。

ta.da.i.ma

我回來了。

---

2 お帰（かえ）りなさい。

o ka.e.ri.na.sa.i

回來啦。

---

3 遅（おそ）かったね。

o.so.ka.t.ta ne

這麼晚喔。

4 残業(ざんぎょう)が長引(ながび)いたんだよ。

za.n.gyo.o ga na.ga.bi.i.ta n da yo

因為加班拖太久了啦。

套進去說說看

部活(ぶかつ) bu.ka.tsu 社團活動	授業(じゅぎょう) ju.gyo.o 上課
会議(かいぎ) ka.i.gi 會議	宴会(えんかい) e.n.ka.i 宴會

5 おなかが減(へ)った。

o.na.ka ga he.t.ta

肚子餓了。

6 今日(きょう)の晩(ばん)ご飯(はん)は何(なに)？

kyo.o no ba.n.go.ha.n wa na.ni

今天的晚餐是什麼？

7 お風呂(ふろ)とご飯(はん)、どっちを先(さき)にする？

o fu.ro to go.ha.n do.c.chi o sa.ki ni su.ru

要先洗澡還是吃飯？

食事（しょくじ）

sho.ku.ji

用餐

1 ご飯（はん）ですよ。

go.ha.n de.su yo

吃飯囉。

2 おいしそう。

o.i.shi.so.o

看起來真好吃。

3 熱（あつ）いうちに食（た）べて。

a.tsu.i u.chi ni ta.be.te

趁熱吃。

4 いただきます。

i.ta.da.ki.ma.su

開動。

5 どうぞ召(め)し上(あ)がれ。

do.o.zo me.shi.a.ga.re

請用。

6 ご飯(はん)、お代(か)わり。

go.ha.n o ka.wa.ri

我還要一碗飯。

7 大盛(おおも)りにしてね。

o.o.mo.ri ni shi.te ne

添大碗一點喔。

8 唐揚(からあげ)はまだある？

ka.ra.a.ge wa ma.da a.ru

還有炸雞嗎？

9 まだたくさんあるから、どんどん食(た)べて。

ma.da ta.ku.sa.n a.ru ka.ra do.n.do.n ta.be.te

還有很多，所以盡量吃。

10 醤油(しょうゆ)をこぼしちゃった。

sho.o.yu o ko.bo.shi.cha.t.ta

把醬油弄翻了。

套進去說說看

スープ su.u.pu 湯	ワイン wa.i.n 葡萄酒
ソース so.o.su 調味醬	

11 ティッシュを取(と)ってくれる？

ti.s.shu o to.t.te ku.re.ru

幫我拿一下衛生紙好嗎？

套進去說說看

お手拭(てふ)き o te.fu.ki 擦手巾	胡椒(こしょう) ko.sho.o 胡椒
ドレッシング do.re.s.shi.n.gu 沙拉醬	マヨネーズ ma.yo.ne.e.zu 美乃滋

ラー油（ゆ） ra.a.yu 辣油	塩（しお） shi.o 鹽
酢（す） su 醋	七味唐辛子（しちみとうがらし） shi.chi.mi to.o.ga.ra.shi 七味辣椒粉

⑫ 今日（きょう）の刺身（さしみ）は最高（さいこう）！

kyo.o no sa.shi.mi wa sa.i.ko.o

今天的生魚片好極了！

套進去說說看

肉（にく）じゃが ni.ku.ja.ga 馬鈴薯燉肉	てんぷら te.n.pu.ra 天婦羅
エビフライ e.bi.fu.ra.i 炸蝦	ふぐ fu.gu 河豚
すき焼（や）き su.ki.ya.ki 壽喜燒	コロッケ ko.ro.k.ke 可樂餅

おでん o.de.n 關東煮	ちらし寿司（ずし） chi.ra.shi.zu.shi 散壽司
豚（とん）カツ to.n.ka.tsu 炸豬排	

13 ごちそうさま。

go.chi.so.o sa.ma

謝謝，吃飽了。

14 もういいの？

mo.o i.i no

已經夠了嗎？

入浴（にゅうよく）

nyu.u.yo.ku

洗澡

1 疲（つか）れた！早（はや）くお風呂（ふろ）に入（はい）りたい。

tsu.ka.re.ta ha.ya.ku o fu.ro ni ha.i.ri.ta.i

好累！真想趕快泡個澡。

---

2 湯加減（ゆかげん）はどう？

yu.ka.ge.n wa do.o

洗澡水的溫度如何？

---

3 お湯（ゆ）が出（で）ない。

o yu ga de.na.i

沒有熱水。

---

4 先（さき）にシャワーを浴（あ）びるね。

sa.ki ni sha.wa.a o a.bi.ru ne

我先冲個澡喔。

5 シャンプーが切(き)れた。

sha.n.pu.u ga ki.re.ta

洗髮精用完了。

套進去說說看

リンス ri.n.su 潤絲精	温泉(おんせん)の素(もと) o.n.se.n no mo.to 溫泉精
ボディソープ bo.di so.o.pu 沐浴乳	化粧水(けしょうすい) ke.sho.o.su.i 化妝水
乳液(にゅうえき) nyu.u.e.ki 乳液	シートマスク shi.i.to ma.su.ku 面膜

6 お風呂上(ふろあが)りはやっぱり冷(つめ)たいビールでしょう。

o fu.ro a.ga.ri wa ya.p.pa.ri tsu.me.ta.i bi.i.ru de.sho.o

洗完澡後當然是冰涼的啤酒囉。

套進去說說看

牛乳(ぎゅうにゅう) gyu.u.nyu.u 牛奶	ラムネ ra.mu.ne 彈珠汽水
コーラ ko.o.ra 可樂	

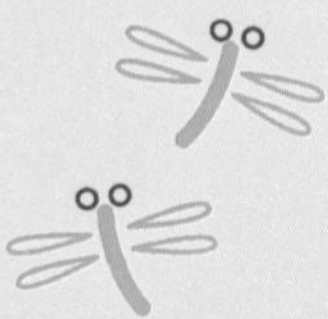

テレビ

MP3 26

te.re.bi

電視

1 テレビをつけて。

te.re.bi o tsu.ke.te

把電視打開。

套進去說說看

ラジオ ra.ji.o 收音機	電気（でんき） de.n.ki 電燈
冷房（れいぼう） re.e.bo.o 冷氣	暖房（だんぼう） da.n.bo.o 暖氣
扇風機（せんぷうき） se.n.pu.u.ki 電風扇	除湿機（じょしつき） jo.shi.tsu.ki 除濕機
加湿機（かしつき） ka.shi.tsu.ki 加濕機	電熱器（でんねつき） de.n.ne.tsu.ki 電熱器

音楽（おんがく）
o.n.ga.ku
音樂

❷ テレビを消（け）して。

te.re.bi o ke.shi.te

把電視關掉。

❸ チャンネルを変（か）えてもいい？

cha.n.ne.ru o ka.e.te mo i.i

我可以換台嗎？

❹ 7時（しちじ）からの特番（とくばん）がとても楽（たの）しみです。

shi.chi.ji ka.ra no to.ku.ba.n ga to.te.mo ta.no.shi.mi de.su

我非常期待七點開始的特別節目。

套進去說說看

ドラマ	映画（えいが）
do.ra.ma	e.e.ga
連續劇	電影

アニメ
a.ni.me
卡通

---

5 ゴールデンタイムは、コマーシャルが多(おお)いね。

go.o.ru.de.n ta.i.mu wa ko.ma.a.sha.ru ga o.o.i ne

黃金時段，廣告很多呢。

---

6 6(ろく)チャンの昼(ひる)ドラを録画(ろくが)してくれた？

ro.ku cha.n no hi.ru.do.ra o ro.ku.ga.shi.te ku.re.ta

幫我錄第六頻道的午間連續劇了嗎？

就寢

shu.u.shi.n

就寢

1 明日は早いから先に寝るね。
a.shi.ta wa ha.ya.i ka.ra sa.ki ni ne.ru ne
明天得很早（出門），所以先睡囉。

2 お休みなさい。
o ya.su.mi.na.sa.i
晚安。

3 いびきがうるさい。
i.bi.ki ga u.ru.sa.i
鼾聲真吵。

4 近頃、歯ぎしりがひどくなった。
chi.ka.go.ro ha.gi.shi.ri ga hi.do.ku na.t.ta
最近磨牙變嚴重了。

5 この掛(か)け布団(ぶとん)はかび臭(くさ)い。

ko.no ka.ke.bu.to.n wa ka.bi.ku.sa.i

這個蓋被有霉味。

套進去說說看

敷布団(しきぶとん) shi.ki.bu.to.n 墊被	毛布(もうふ) mo.o.fu 毛毯
枕(まくら) ma.ku.ra 枕頭	

6 眠(ねむ)いのに眠(ねむ)れない。

ne.mu.i no.ni ne.mu.re.na.i

想睡卻睡不著。

7 いい夢(ゆめ)を見(み)てね。

i.i yu.me o mi.te ne

要作好夢喔。

實戰會話1

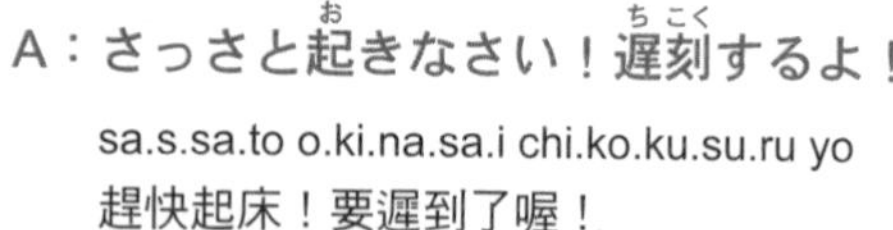

A：さっさと起きなさい！遅刻するよ！

sa.s.sa.to o.ki.na.sa.i chi.ko.ku.su.ru yo

趕快起床！要遲到了喔！

B：今日は日曜日だけど……。

kyo.o wa ni.chi.yo.o.bi da ke.do

今天是星期天耶……。

A：うそ！ごめん、起こしちゃったね。

u.so go.me.n o.ko.shi.cha.t.ta ne

不會吧！對不起，吵醒你囉。

B：どうせ起きたんだから、家事でも手伝おうか？

do.o.se o.ki.ta n da.ka.ra ka.ji de.mo
te.tsu.da.o.o ka

反正都起床了，要不要幫忙做做家事啊？

A：あら、珍しいわね！

a.ra me.zu.ra.shi.i wa ne

唉喲，真是稀罕啊！

實戰會話2

A：テレビをつけてくれない？

te.re.bi o tsu.ke.te ku.re.na.i
幫我打開電視好嗎？

B：この時間に何かいい番組ある？

ko.no ji.ka.n ni na.ni ka i.i ba.n.gu.mi a.ru
這時段有好看的節目嗎？

A：特にないけど、暇つぶしに。

to.ku ni na.i ke.do hi.ma.tsu.bu.shi ni
雖然沒有特別的，就當打發時間。

B：そうだ、７時から物まねの
特番があるよ。

so.o da shi.chi.ji ka.ra mo.no.ma.ne no
to.ku.ba.n ga a.ru yo
對了，七點起有模仿的特別節目喔。

A：いいね。

i.i ne
不錯耶。

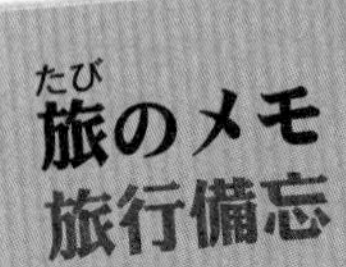

在日本＿＿＿＿＿（地名）**搭過的電車是**＿＿＿＿＿（路線名）

起站：　　　　　　　　　　　終點站：

時間：

Q：什麼是您覺得既特別又有趣的地方？

在日本＿＿＿＿＿（地名）**搭過的電車是**＿＿＿＿＿（路線名）

起站：　　　　　　　　　　　終點站：

時間：

Q：什麼是您覺得既特別又有趣的地方？

Ⅳ・公司與學校

暖身一下！

有過之而無不及的日本升學、就業壓力

和台灣一樣，日本學生也有沉重的升學壓力，甚至可說是有過之而無不及。日本有個形容詞叫「**受験戦争**」（< ju.ke.n se.n.so.o >；應試戰爭），用來描述考生升學競爭的熾烈，再貼切也不過了。如此辛苦，大多數的人都是為了考上好大學，以便找到好工作。據悉，日本企業徵聘人才時，出身學校往往列入很大的考量，想要擠身擁有遠景、高薪的企業，考上好大學，似乎是不二的法門。

在日本，為了讓孩子考上理想的學校，很多家長會送子女到「**学習塾**」（< ga.ku.shu.u ju.ku >；補習班）或「**予備校**」（< yo.bi.ko.o >；升大學的補習班，也包括重考班）補習。甚至也有很多小孩，為了進入高「**偏差値**」（< he.n.sa.chi >；學力依據的數值），也就是高升學率的「**中高一貫校**」（< chu.u.ko.o i.k.ka.n.ko.o >；國中高中一貫制學校，即考進初中後，可免試直升高中），從小學三、四年級就開始補習。而設有幼稚園部或小學部的學校，考生的年齡更是提早。

突破重圍進了名門大學之後，接下來得面臨的就是就業壓力。雖然近年來因景氣不佳，日本企業聘用具有速戰能力轉職者雖有增加的趨勢，但大企業還是偏好招聘純粹如白紙的應屆畢業生，據稱是比較容易訓練與培養，因此每年都會徵聘大量的應屆畢業生，這可說是日本特有的現象，也是日本企業特有的文化。

由於大企業一次招募的人數非常眾多，再加上為了爭奪優秀的人才，往往會在很早的階段就開始招聘，因此學生們必須在就學期間便展開「**就職活動**」（< shu.u.sho.ku ka.tsu.do.o >；就業活動，簡稱「**就活**」），並且在畢業前得到企業的「**內定**」（< na.i.te.e >；公司內部承諾任用的決定）。手腳快的學生，大致在大三的第二學期便展開就業活動。通常他們是先參加各公司舉辦的說明會、拜訪畢業的學長學姊來蒐集情報，進而篩選自己有興趣的公司。因為大公司的招考手續相當繁複，不是一、二次的筆試、面試就可解決，所以整個就職活動的過程，可說是相當耗神與費時。由此可見要出人頭地，不克服重重難關是不行的。

しょくぎょう 職業

MP3 28

sho.ku.gyo.o

職業

1 小(ちい)さい時(とき)から教師(きょうし)になりたかったです。

chi.i.sa.i to.ki ka.ra kyo.o.shi ni na.ri.ta.ka.t.ta de.su

從小就想當老師。

套進去說說看

まんがか 漫画家 ma.n.ga.ka 漫畫家	いしゃ 医者 i.sha 醫生
かんごし 看護師 ka.n.go.shi 護士	フライトアテンダント fu.ra.i.to a.te.n.da.n.to （＝キャビン アテンダント） （kya.bi.n a.te.n.da.n.to） 空服員
パイロット pa.i.ro.t.to 飛行員	デザイナー de.za.i.na.a 設計師

弁護士（べんごし） be.n.go.shi 律師	モデル mo.de.ru 模特兒
美容師（びようし） bi.yo.o.shi 髮型設計師	キャスター kya.su.ta.a 主播
記者（きしゃ） ki.sha 記者	公務員（こうむいん） ko.o.mu.i.n 公務員

2 輸入雑貨店（ゆにゅうざっかてん）を経営（けいえい）しています。

yu.nyu.u za.k.ka.te.n o ke.e.e.e.shi.te i.ma.su

我經營進口雜貨店。

套進去說說看

リサイクルショップ ri.sa.i.ku.ru sho.p.pu 二手商店	花屋（はなや） ha.na.ya 花店
コンビニ ko.n.bi.ni 便利商店	インテリアショップ i.n.te.ri.a sho.p.pu 室內裝飾店

ブティック bu.ti.k.ku 時尚精品店	パブ pa.bu 酒吧
旅行会社（りょこうがいしゃ） ryo.ko.o ga.i.sha 旅行社	不動産屋（ふどうさんや） fu.do.o.sa.n.ya 房屋仲介公司
建築事務所（けんちくじむしょ） ke.n.chi.ku ji.mu.sho 建築事務所	コンサルティング会社（がいしゃ） ko.n.sa.ru.ti.n.gu ga.i.sha 顧問公司
エステ e.su.te 護膚沙龍	喫茶店（きっさてん） ki.s.sa.te.n 咖啡廳

3 今（いま）は派遣社員（はけんしゃいん）です。

i.ma wa ha.ke.n sha.i.n de.su

目前是派遣員工。

套進去說說看

契約社員（けいやくしゃいん） ke.e.ya.ku sha.i.n 契約員工	パート pa.a.to 計時工作者

バイト ba.i.to 打工	正社員（せいしゃいん） se.e.sha.i.n 正式職員

4 今（いま）、ちょうど仕事（しごと）を探（さが）しているところです。

i.ma cho.o.do shi.go.to o sa.ga.shi.te i.ru to.ko.ro de.su

現在，正好在找工作。

5 転職（てんしょく）しようかどうか迷（まよ）っています。

te.n.sho.ku.shi.yo.o ka do.o ka ma.yo.t.te i.ma.su

我正猶豫要不要換工作。

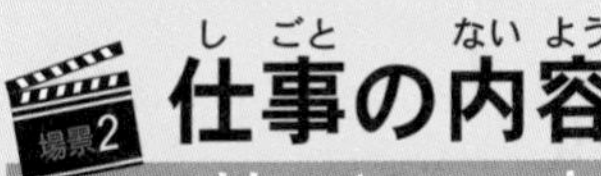

仕事の内容

shi.go.to no na.i.yo.o

工作的內容

1 主な仕事はデザインです。

o.mo.na shi.go.to wa de.za.i.n de.su

主要的工作是設計。

套進去說說看

編集 he.n.shu.u 編輯	資料作成 shi.ryo.o sa.ku.se.e 製作資料
データ入力 de.e.ta nyu.u.ryo.ku 資料輸入	出納管理 su.i.to.o ka.n.ri 出納管理
窓口業務 ma.do.gu.chi gyo.o.mu 櫃檯業務	クレーム処理 ku.re.e.mu sho.ri 顧客抱怨處理

2 その他(ほか)に通訳(つうやく)もします。

so.no ho.ka ni tsu.u.ya.ku mo shi.ma.su

其他也做口譯。

套進去說說看

簿記(ぼき) bo.ki 簿記	接客(せっきゃく) se.k.kya.ku 接待客戶
現金管理(げんきんかんり) ge.n.ki.n ka.n.ri 現金管理	スケジュール管理(かんり) su.ke.ju.u.ru ka.n.ri 行程管理

3 この仕事(しごと)には栄養士(えいようし)の資格(しかく)が必要(ひつよう)です。

ko.no shi.go.to ni wa e.e.yo.o.shi no shi.ka.ku ga hi.tsu.yo.o de.su

這工作需要營養師的資格。

套進去說說看

介護士(かいごし) ka.i.go.shi 看護員	保育士(ほいくし) ho.i.ku.shi 保育員

薬剤師（やくざいし）
ya.ku.za.i.shi
藥劑師

4 まだまだ見習（みなら）いです。

ma.da ma.da mi.na.ra.i de su

還在見習。

5 いつかこの業界（ぎょうかい）のトップに立（た）ちたいです。

i.tsu.ka ko.no.gyo.o.ka.i no to.p.pu ni ta.chi.ta.i de su

希望有一天成為這個業界的佼佼者。

場景3

仕事の感想

MP3 30

shi.go.to no ka.n.so.o

工作的感想

1 自分の仕事が好きですか？

ji.bu.n no shi.go.to ga su.ki de.su ka

喜歡自己的工作嗎？

2 ええ、とてもやりがいがあります。

e.e to.te.mo ya.ri.ga.i ga a.ri.ma.su

嗯，非常具有挑戰性。

3 すごくきつそうですが……。

su.go.ku ki.tsu.so.o de.su ga

雖然看起來好像很吃力……。

4 不満がないといえば、嘘になります。

fu.ma.n ga na.i to i.e.ba u.so ni na.ri.ma.su

說沒有不滿的話，是騙人的。

5 なんだか退屈(たいくつ)です。

na.n.da.ka ta.i.ku.tsu de.su

總覺得很無聊。

6 たまには疲(つか)れを感(かん)じるけど……。

ta.ma ni wa tsu.ka.re o ka.n.ji.ru ke.do

雖然偶爾會感到疲倦……。

套進去說說看

プレッシャー pu.re.s.sha.a 壓力	無力感(むりょくかん) mu.ryo.ku.ka.n 無力感
不安(ふあん) fu.a.n 不安	

7 儲(もう)からないから、やめようと思(おも)っています。

mo.o.ka.ra.na.i ka.ra ya.me.yo.o to o.mo.t.te i.ma.su

因為不賺錢，正想不做了。

上司（じょうし）

jo.o.shi

上司

1 新（あたら）しい上司（じょうし）はどうですか？

a.ta.ra.shi.i jo.o.shi wa do.o de.su ka

新的上司如何呢？

2 理想（りそう）の上司（じょうし）です。

ri.so.o no jo.o.shi de.su

是理想的上司。

套進去說說看

すばらしい su.ba.ra.shi.i 很棒的	おもしろい o.mo.shi.ro.i 有趣的
厳（きび）しい ki.bi.shi.i 嚴格的	最低（さいてい）な sa.i.te.e.na 遭透的

尊敬(そんけい)できる so.n.ke.e.de.ki.ru 值得尊敬的	センスがいい se.n.su ga i.i 品味好的

3 いつもスタッフのことを気(き)にかけています。

i.tsu.mo su.ta.f.fu no ko.to o ki ni ka.ke.te i.ma.su

總是很關心員工。

4 部下(ぶか)からの評価(ひょうか)が高(たか)いです。

bu.ka ka.ra no hyo.o.ka ga ta.ka.i de.su

部下給的評價很高。

5 全(まった)く融通(ゆうずう)がききません。

ma.t.ta.ku yu.u.zu.u ga ki.ki.ma.se.n

完全不知變通。

6 相性(あいしょう)が悪(わる)いかもしれません。

a.i.sho.o ga wa.ru.i ka.mo shi.re.ma.se.n

或許八字不合。

7 リーダーとして、何(なに)かが欠(か)けていると思(おも)います。

ri.i.da.a to shi.te na.ni ka ga ka.ke.te i.ru to o.mo.i.ma.su

身為領導者，我想欠缺了些什麼。

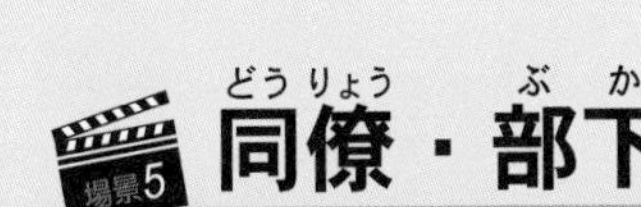

同僚（どうりょう）・部下（ぶか）

MP3 32

do.o.ryo.o bu.ka

同事・部下

1 田中（たなか）は会社（かいしゃ）の同期（どうき）です。

ta.na.ka wa ka.i.sha no do.o.ki de.su

田中是公司的同期。

套進去說說看

先輩（せんぱい） se.n.pa.i 前輩；學長姐	後輩（こうはい） ko.o.ha.i 晚輩；學弟妹
部下（ぶか） bu.ka 部下	

2 新人（しんじん）だけど、一緒（いっしょ）に働（はたら）きやすいです。

shi.n.ji.n da.ke.do i.s.sho ni ha.ta.ra.ki.ya.su.i de.su

雖是新人，在一起很好工作。

3 彼(かれ)はとても有能(ゆうのう)で、後輩(こうはい)たちに慕(した)われています。

ka.re wa to.te.mo yu.u.no.o de ko.o.ha.i.ta.chi ni shi.ta.wa.re.te i.ma.su

他非常有才能，所以備受晚輩仰慕。

4 同期(どうき)の早川(はやかわ)は部長(ぶちょう)に昇進(しょうしん)するそうです。

do.o.ki no ha.ya.ka.wa wa bu.cho.o ni sho.o.shi.n.su.ru so.o de.su

同一期的早川聽說要晉昇部長。

套進去說說看

課長(かちょう) ka.cho.o 課長	係長(かかりちょう) ka.ka.ri.cho.o 股長
主任(しゅにん) shu.ni.n 主任	

5 会社(かいしゃ)の人間関係(にんげんかんけい)は大変(たいへん)です。

ka.i.sha no ni.n.ge.n ka.n.ke.e wa ta.i.he.n de.su

公司的人際關係很麻煩。

6 部下(ぶか)の面倒(めんどう)を見(み)るのは上司(じょうし)の務(つと)めです。

bu.ka no me.n.do.o o mi.ru no wa jo.o.shi no tsu.to.me de.su

照顧部下是上司的職責。

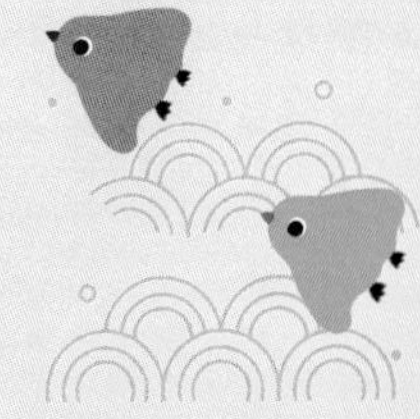

残業（ざんぎょう）

MP3 33

za.n.gyo.o

加班

1 先月（せんげつ）は50時間（ごじゅうじかん）も残業（ざんぎょう）しました。

se.n.ge.tsu wa go.ju.u ji.ka.n mo

za.n.gyo.o.shi.ma.shi.ta

上個月竟加班了五十小時。

2 残業（ざんぎょう）を減（へ）らしたいです。

za.n.gyo.o o he.ra.shi.ta.i de.su

很想減少加班。

3 必要（ひつよう）なら、残業（ざんぎょう）するしかないです。

hi.tsu.yo.o na.ra za.n.gyo.o.su.ru shi.ka na.i de.su

必要的話，只好加班了。

4 不景気で、残業手当が減りました。
(ふけいき / ざんぎょう てあて / へ)

fu.ke.e.ki de za.n.gyo.o te.a.te ga he.ri.ma.shi.ta

因為不景氣，加班津貼減少了。

套進去說說看

扶養（ふよう） fu.yo.o 扶養	通勤（つうきん） tsu.u.ki.n 通勤
役付（やくづき） ya.ku.zu.ki 職務	

5 残業届けを出しましたか？
(ざんぎょうとど / だ)

za.n.gyo.o to.do.ke o da.shi.ma.shi.ta ka

提出加班申請單了嗎？

套進去說說看

欠席（けっせき） ke.s.se.ki 缺席	外出（がいしゅつ） ga.i.shu.tsu 外出
早退（そうたい） so.o.ta.i 早退	

6 サービス残業(ざんぎょう)とただ働(ばたら)きは一緒(いっしょ)です。

sa.a.bi.su za.n.gyo.o to ta.da.ba.ta.ra.ki wa i.s.sho de.su

沒錢的加班和做白工一樣。

仕事帰り(しごとがえり)

shi.go.to ga.e.ri

下班後

1 ようやく仕事(しごと)が終(お)わった。

yo.o.ya.ku shi.go.to ga o.wa.t.ta

工作終於做完了。

---

2 仕事(しごと)が終(お)わったあとの一杯(いっぱい)は、唯一(ゆいいつ)の楽(たの)しみです。

shi.go.to ga o.wa.t.ta a.to no i.p.pa.i wa yu.i.i.tsu no ta.no.shi.mi de.su

工作後喝杯酒，是唯一的樂趣。

---

3 いつも寄(よ)り道(みち)しないで家(うち)に帰(かえ)ります。

i.tsu.mo yo.ri.mi.chi.shi.na.i.de u.chi ni ka.e.ri.ma.su

總是不繞去別的地方就回家。

4 週1回ジムに通っています。

shu.u i.k.ka.i ji.mu ni ka.yo.t.te i.ma.su

一星期去一次健身房。

套進去說說看

英会話スクール e.e.ka.i.wa su.ku.u.ru 英文補習班	ネイルサロン ne.e.ru sa.ro.n 美指彩繪沙龍
料理教室 ryo.o.ri kyo.o.shi.tsu 烹飪教室	

5 夕食はいつも帰宅途中で済ませます。

yu.u.sho.ku wa i.tsu.mo ki.ta.ku to.chu.u de su.ma.se.ma.su

晚餐總是在回家的路上解決。

❻ 帰(かえ)りによくスーパーに寄(よ)ります。

ka.e.ri ni yo.ku su.u.pa.a ni yo.ri.ma.su

回家途中經常繞去超市。

套進去說說看

デパート de.pa.a.to 百貨公司	居酒屋(いざかや) i.za.ka.ya 居酒屋
本屋(ほんや) ho.n.ya 書店	

学校（がっこう）

MP3 35

ga.k.ko.o

學校

1 子供（こども）は近（ちか）くの小学校（しょうがっこう）に通（かよ）っています。

ko.do.mo wa chi.ka.ku no sho.o.ga.k.ko.o ni ka.yo.t.te i.ma.su

小孩就讀於附近的小學。

套進去說說看

中学校（ちゅうがっこう） chu.u.ga.k.ko.o 中學	幼稚園（ようちえん） yo.o.chi.e.n 幼稚園
保育園（ほいくえん） ho.i.ku.e.n 托兒所	

2 私（わたし）は短期大学（たんきだいがく）の学生（がくせい）です。

wa.ta.shi wa ta.n.ki da.i.ga.ku no ga.ku.se.e de.su

我是短期大學的學生。

套進去說說看

専門学校（せんもんがっこう） se.n.mo.n ga.k.ko.o 專科學校	大学（だいがく） da.i.ga.ku 大學
定時制高校（ていじせいこうこう） te.e.ji.se.e ko.o.ko.o 定時制高中	

3 新学期（しんがっき）はいつから始（はじ）まりますか？

shi.n.ga.k.ki wa i.tsu ka.ra ha.ji.ma.ri.ma.su ka

新學期從什麼時候開始呢？

套進去說說看

春休み（はるやすみ） ha.ru.ya.su.mi 春假	夏休み（なつやすみ） na.tsu.ya.su.mi 暑假
冬休み（ふゆやすみ） fu.yu.ya.su.mi 寒假	

4 毎月(まいつき)の授業料(じゅぎょうりょう)はばかになりません。

ma.i.tsu.ki no ju.gyo.o.ryo.o wa ba.ka ni na.ri.ma.se.n

每個月的學費不容小覷。

套進去說說看

教材費(きょうざいひ) kyo.o.za.i.hi 教材費	雑費(ざっぴ) za.p.pi 雜費
生活費(せいかつひ) se.e.ka.tsu.hi 生活費	定期代(ていきだい) te.e.ki.da.i （電車、公車等）月票費用
月謝(げっしゃ) ge.s.sha （補習班等）月費	支出(ししゅつ) shi.shu.tsu 支出

キャンパスライフ

MP3 36

kya.n.pa.su ra.i.fu

校園生活

1 華道（かどう）部（ぶ）に入（はい）っています。

ka.do.o.bu ni ha.i.t.te i.ma.su

加入了插花社團。

套進去說說看

茶道（さどう） sa.do.o 茶道	手話（しゅわ） shu.wa 手語
ダンス da.n.su 舞蹈	吹奏楽（すいそうがく） su.i.so.o.ga.ku 吹奏樂
陸上競技（りくじょうきょうぎ） ri.ku.jo.o kyo.o.gi 田徑	剣道（けんどう） ke.n.do.o 劍道
コーラス ko.o.ra.su 合唱	漫画研究（まんがけんきゅう） ma.n.ga ke.n.kyu.u 漫畫研究

演劇（えんげき） e.n.ge.ki 戲劇	囲碁・将棋（いご・しょうぎ） i.go sho.o.gi 圍棋・象棋
家庭科（かていか） ka.te.e.ka 家政科	軟式テニス（なんしき） na.n.shi.ki te.ni.su 軟式網球

2 週末（しゅうまつ）に男子校（だんしこう）と合（ごう）コンがあるけど、行（い）かない？

shu.u.ma.tsu ni da.n.shi.ko.o to go.o.ko.n ga a.ru ke.do i.ka.na.i

週末和男校有聯誼，要不要去？

3 もうすぐ期末（きまつ）テストです。

mo.o.su.gu ki.ma.tsu.te.su.to de.su

就快要期末考了。

套進去說說看

中間（ちゅうかん） chu.u.ka.n 期中	実力（じつりょく） ji.tsu.ryo.ku 實力

模擬（もぎ）
mo.gi
模擬

❹ また徹夜（てつや）しなければなりません。

ma.ta te.tsu.ya.shi.na.ke.re.ba na.ri.ma.se.n

不熬夜又不行了。

❺ 授業（じゅぎょう）をさぼってはいけません。

ju.gyo.o o sa.bo.t.te wa i.ke.ma.se.n

不可以蹺課。

❻ 不覚（ふかく）にも日本史（にほんし）の単位（たんい）を落（お）としてしまった。

fu.ka.ku ni mo ni.ho.n.shi no ta.n.i o o.to.shi.te shi.ma.t.ta

不小心，日本史的學分被當了。

套進去說說看

基礎経済学（きそけいざいがく）	近代文化史（きんだいぶんかし）
ki.so.ke.e.za.i.ga.ku	ki.n.da.i.bu.n.ka.shi
基礎經濟學	近代文化史

ぶんかじょうほうがく 文化情報学 bu.n.ka.jo.o.ho.o.ga.ku 文化情報學	とうけいがく 統計学 to.o.ke.e.ga.ku 統計學
せかいきんゆうがく 世界金融学 se.ka.i.ki.n.yu.u.ga.ku 世界金融學	としがく 都市学 to.shi.ga.ku 都市學
けいざいがく 経済学 ke.e.za.i.ga.ku 經濟學	でんきこうがく 電気工学 de.n.ki.ko.o.ga.ku 電氣工程學
とっきょほう 特許法 to.k.kyo.ho.o 專利法	おうようすうがく 応用数学 o.o.yo.o.su.u.ga.ku 應用數學
ぼうえきにゅうもん 貿易入門 bo.o.e.ki.nyu.u.mo.n 貿易入門	じつようかがく 実用化学 ji.tsu.yo.o.ka.ga.ku 實用化學

7 公立(こうりつ)だから学費(がくひ)はなんとかなります。

ko.o.ri.tsu da.ka.ra ga.ku.hi wa na.n.to.ka na.ri.ma.su

因為是公立，學費還不成問題。

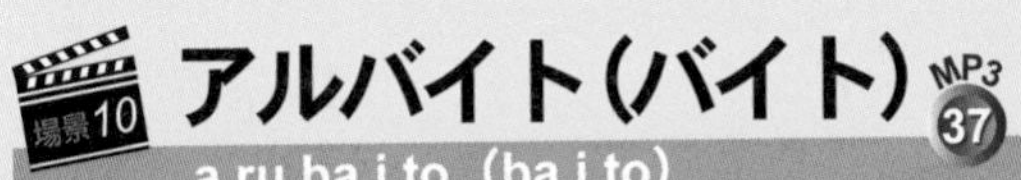

アルバイト（バイト）

a.ru.ba.i.to（ba.i.to）

打工

1 仕送(しおく)りだけでは足(た)りません。

shi.o.ku.ri da.ke de wa ta.ri.ma.se.n

光靠家裡送來的生活費不夠。

套進去說說看

奨学金(しょうがくきん) sho.o.ga.ku.ki.n 獎學金	お小遣(こづか)い o ko.zu.ka.i 零用錢
給料(きゅうりょう) kyu.u.ryo.o 薪水	

2 ファーストフードでバイトしています。

fa.a.su.to.fu.u.do de ba.i.to.shi.te i.ma.su

我在速食店打工。

套進去說說看

ガソリンスタンド ga.so.ri.n.su.ta.n.do 加油站	ファミレス fa.mi.re.su 家庭餐廳
ゲームセンター ge.e.mu se.n.ta.a 遊樂中心	えいがかん 映画館 e.e.ga.ka.n 電影院
こうじょう パン工場 pa.n ko.o.jo.o 麵包工廠	ゆうえんち 遊園地 yu.u.e.n.chi 遊樂園

3 時給（じきゅう）はまあまあです。

ji.kyu.u wa ma.a.ma.a de.su

時薪馬馬虎虎。

套進去說說看

にっきゅう 日給 ni.k.kyu.u 日薪	げっきゅう 月給 ge.k.kyu.u 月薪

年収（ねんしゅう）
ne.n.shu.u
年薪

4 交通費（こうつうひ）も付（つ）いています。

ko.o.tsu.u.hi mo tsu.i.te i.ma.su

也附交通費。

套進去說說看

賄い（まかない） ma.ka.na.i 伙食	休日手当（きゅうじつてあて） kyu.u.ji.tsu.te.a.te 假日津貼
制服（せいふく） se.e.fu.ku 制服	

恋愛（れんあい）

MP3 38

re.n.a.i

戀愛

1 今（いま）の彼氏（かれし）とはどうやって知（し）り合（あ）いましたか？

i.ma no ka.re.shi to wa do.o ya.t.te shi.ri.a.i.ma.shi.ta ka

和現在的男朋友是怎麼認識的呢？

---

2 街（まち）でナンパされたんです。

ma.chi de na.n.pa.sa.re.ta n de.su

在街上被搭訕的。

---

3 友人（ゆうじん）の紹介（しょうかい）で交際（こうさい）が始（はじ）まりました。

yu.u.ji.n no sho.o.ka.i de ko.o.sa.i ga ha.ji.ma.ri.ma.shi.ta

透過朋友的介紹開始交往的。

套進去說說看

社内旅行（しゃないりょこう）	お見合（みあ）い
sha.na.i.ryo.ko.o	o mi.a.i
公司旅遊	相親

メールのやりとり
me.e.ru no ya.ri.to.ri
網路郵件的往返

---

4 どんな人(ひと)がタイプですか？

do.n.na hi.to ga ta.i.pu de.su ka

哪種人是（你喜歡的）類型？

---

5 優(やさ)しい人(ひと)が好(す)きです。

ya.sa.shi.i hi.to ga su.ki de.su

我喜歡溫柔的人。

套進去說說看

逞(たくま)しい ta.ku.ma.shi.i 體格健壯的	かっこいい ka.k.ko.i.i 帥氣的
頼(たの)もしい ta.no.mo.shi.i 可靠的	セクシーな se.ku.shi.i.na 性感的
勤勉(きんべん)な ki.n.be.n.na 勤勉的	きれい好(ず)きな ki.re.e.zu.ki.na 愛乾淨的

かわいい ka.wa.i.i 可愛的	賢（かしこ）い ka.shi.ko.i 聰明的
魅力的（みりょくてき）な mi.ryo.ku.te.ki.na 有魅力的	

6 私（わたし）は面食（めんく）いです。

wa.ta.shi wa me.n.ku.i de.su

我很注重外表。

7 昨日（きのう）、勇治君（ゆうじくん）に告白（こくはく）されました。

ki.no.o yu.u.ji ku.n ni ko.ku.ha.ku.sa.re.ma.shi.ta

昨天勇治對我告白了。

8 タイプじゃないから断（ことわ）りました。

ta.i.pu ja na.i ka.ra ko.to.wa.ri.ma.shi.ta

不是我喜歡的類型，所以拒絕了。

9 あんな二枚目（にまいめ）を断（ことわ）るなんて……。

a.n.na ni.ma.i.me o ko.to.wa.ru na.n.te

竟然拒絕那樣的帥哥……。

10 彼女(かのじょ)に二股(ふたまた)をかけられました。

ka.no.jo ni fu.ta.ma.ta o ka.ke.ra.re.ma.shi.ta

被她腳踏兩條船了。

---

11 彼(かれ)は浮気性(うわきしょう)です。

ka.re wa u.wa.ki.sho.o de.su

他外遇成性。

---

12 もう分(わ)かれるしかないでしょう。

mo.o wa.ka.re.ru shi.ka na.i de.sho.o

只有分手了吧。

---

13 ついこの間(あいだ)、彼女(かのじょ)に振(ふ)られて
しまいました。

tsu.i ko.no a.i.da ka.no.jo ni fu.ra.re.te

shi.ma.i.ma.shi.ta

就在最近，被她甩了。

---

14 また恋(こい)に落(お)ちてしまいました。

ma.ta ko.i ni o.chi.te shi.ma.i.ma.shi.ta

我又墜入愛河了。

實戰會話1

A：最近（さいきん）、お仕事（しごと）のほうはどうですか？

sa.i.ki.n o shi.go.to no ho.o wa do.o de.su ka

最近，工作方面如何呢？

B：なかなか順調（じゅんちょう）です。

na.ka.na.ka ju.n.cho.o de.su

相當順利。

A：それは何（なに）よりですね。

so.re wa na.ni yo.ri de.su ne

那是再好也不過了呢。

B：あなたは？

a.na.ta wa

你呢？

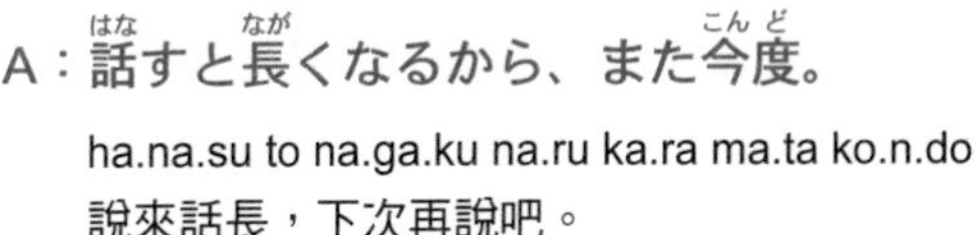

A：話すと長くなるから、また今度。

ha.na.su to na.ga.ku na.ru ka.ra ma.ta ko.n.do

說來話長，下次再說吧。

B：何かあったんですか？

na.ni ka a.t.ta n de.su ka

發生了什麼事嗎？

實戰會話2

A：時給(じきゅう)のいいバイトを知(し)りませんか？

ji.kyu.u no i.i ba.i.to o shi.ri.ma.se.n ka

你知道時薪好的打工嗎？

B：バイトを探(さが)しているんですか？

ba.i.to o sa.ga.shi.te i.ru n de.su ka

你在找打工嗎？

A：じつは父親(ちちおや)がリストラに遭(あ)って、
仕送(しおく)りがストップしちゃうんです。

ji.tsu wa chi.chi.o.ya ga ri.su.to.ra ni a.t.te shi.o.ku.ri ga su.to.p.pu.shi.cha.u n de.su

其實是我父親被解僱，所以生活費要停寄了。

B：それは大変ですね。

so.re wa ta.i.he.n de.su ne
那真糟糕啊。

よかったら、バイト先の店長に聞いてあげましょうか？

yo.ka.t.ta.ra ba.i.to.sa.ki no te.n.cho.o ni ki.i.te a.ge.ma.sho.o ka

可以的話，我幫你問問我打工地方的店長。

A：すみません。お願いします。

su.mi.ma.se.n o ne.ga.i shi.ma.su
謝謝。拜託你了。

旅のメモ 旅行備忘

在日本＿＿＿＿＿＿（地名）**上**＿＿＿＿＿＿＿＿**學校**

校名：　　　　　　　　科系 / 類別：

時間：

Q：上課的內容是什麼？對上課有什麼感想？

在日本＿＿＿＿＿＿（地名）**做**＿＿＿＿＿＿＿＿**工作**

公司：　　　　　　　　職務：

時間：

Q：工作的內容是什麼？對工作有什麼感想？

V・外食

場景1 ● 哪種料理好呢？

場景2 ● 進餐廳

場景3 ● 點菜

場景4 ● 料理來了之後

場景5 ● 不滿

場景6 ● 飯後

場景7 ● 結帳

場景8 ● 飲酒

暖身一下！

日本美食全攻略

飽嚐日本美食，相信是許多前往日本旅遊朋友的目標之一。日本料理琳瑯滿目，不論是華美的宴客料理、還是普羅大眾的平價美味皆各有千秋，也都有品嚐的價值。日本料理在台灣雖已相當普遍，但還是有許多大家不熟悉的食材、口味與吃法。想在短時間內對日本美食有初步概念的朋友，若有機會到日本一遊，建議您不妨前往百貨公司的美食街觀摩考察，相信一定能讓您大開眼界。

日本百貨公司的頂樓美食街，可說是人氣餐廳的聚集地，而店頭也都展示有精美的樣品，只要繞一圈，應該很快的就能找到您的最愛。至於俗稱「デパ地下」（< de.pa.chi.ka >；地下食品賣場）那更是熱鬧了。舉凡「スイーツ」（< su.i.i.tsu >；甜點）、「惣菜」（< so.o.za.i >；熟食）、「弁当」（< be.n.to.o >；便當），各種食品應有盡有，很多攤位還提供試吃呢。大部分的地下美食街幾乎都設有「イートインコーナー」（< i.i.to i.n ko.o.na.a >；內用座席），等不及的朋友可就近享用。有得吃、有得買、有得看，對日本美食初級者來說，百貨公司的確是個不可多得的好地方。

除了上述的百貨公司美食街，美食網站或擺放在日本車站附近的免費「グルメ情報誌」（< gu.ru.me jo.o.ho.o.shi >；美食資訊雜誌）所提供的資訊也非常實用。這些資訊幾乎都內附「割引クーポン」（< wa.ri.bi.ki ku.u.po.n >；折價券）和「サービス券」（< sa.a.bi.su.ke.n >；招待券）。只要事先剪下或列印出來，在點菜或結帳時交給店員，大致上在平日都能享有10%上下的折扣或免費飲料、點心、小菜等招待。對於不知道選哪家餐廳才好的朋友來說，這的確是個不錯的參考。

知道要吃什麼、去哪吃之後，接下來若能習得一些基本的禮儀，不僅不會出洋相，也能讓您吃得更盡興、更有氣質。首先，請牢記「いただきます」（< i.ta.da.ki.ma.su >；開動）和「ごちそうさま」（< go.chi.so.o.sa.

ma >；謝謝，吃飽了）這二句話，因為不論是居家或在餐廳用餐，日本人都會在餐前餐後用這二句話來表達對款待者的謝意，這也是日本餐桌禮儀基本中的基本。

至於在享受日本料理時，面對眼前眾多的杯盤湯碗，相信有很多朋友會不知從哪開始下筷。其實只要掌握從左到右，由近到遠的原則，就不會有差錯。此外，餐後不要好心的把碗盤疊在一起，因為日本有很多食器，若疊在一起，很容易造成刮痕或使花樣脫落，這點要特別注意。

有些概念與信心了嗎？日本美食就等您來挑戰囉。

どんな料理（りょうり）がいい？

MP3 39

do.n.na ryo.o.ri ga i.i

哪種料理好呢？

1 何（なに）か食（た）べたいものはありますか？

na.ni ka ta.be.ta.i mo.no wa a.ri.ma.su ka

有什麼想吃的東西嗎？

2 蕎麦（そば）を食（た）べたことがありますか？

so.ba o ta.be.ta ko.to ga a.ri.ma.su ka

吃過蕎麥麵嗎？

套進去說說看

回転寿司（かいてんずし） ka.i.te.n zu.shi 迴轉壽司	もつ鍋（なべ） mo.tsu na.be 內臟鍋
すき焼（や）き su.ki.ya.ki 壽喜燒	おでん o.de.n 關東煮

葛(くず)きり
ku.zu.ki.ri
葛粉條

鯵(あじ)の干物(ひもの)
a.ji no hi.mo.no
竹筴魚的一夜干
（曬一個晚上）

さつま揚(あげ)
sa.tsu.ma.a.ge
炸甜不辣

京風(きょうふう)ラーメン
kyo.o.fu.u ra.a.me.n
京都風味拉麵

桜餅(さくらもち)
sa.ku.ra.mo.chi
櫻花麻糬

コロッケ
ko.ro.k.ke
可樂餅

クレープ
ku.re.e.pu
可麗餅

ハヤシライス
ha.ya.shi.ra.i.su
日式燉牛肉飯

---

3 懐石料理(かいせきりょうり)を食(た)べてみたいです。

ka.i.se.ki ryo.o.ri o ta.be.te mi.ta.i de.su

想吃吃看懷石料理。

套進去說說看

エスニック
e.su.ni.k.ku
民族

郷土(きょうど)
kyo.o.do
鄉土

精進（しょうじん） sho.o.ji.n 素食	フランス fu.ra.n.su 法國
メキシコ me.ki.shi.ko 墨西哥	イタリア i.ta.ri.a 義大利
中華（ちゅうか） chu.u.ka 中華	韓国（かんこく） ka.n.ko.ku 韓國
家庭（かてい） ka.te.e 家庭	

4 一番（いちばん）好（す）きな和食（わしょく）は天（てん）ぷらです。

i.chi.ba.n su.ki.na wa.sho.ku wa te.n.pu.ra de.su

最喜歡的和食是天婦羅。

套進去說說看

串焼（くしや）き ku.shi.ya.ki 串燒	豚（とん）カツ to.n.ka.tsu 炸豬排

お好み焼（このみやき）	串揚げ（くしあ）
o.ko.no.mi.ya.ki	ku.shi.a.ge
什錦燒	炸串（炸竹籤串起的食物）

煮物（にもの）	酢の物（す もの）
ni.mo.no	su.no.mo.no
煮物（燉煮的食物）	醋物（用醋涼拌的食物）

味噌汁（みそしる）	漬物（つけもの）
mi.so.shi.ru	tsu.ke.mo.no
味噌湯	醃漬物

水炊き（みずた）

mi.zu.ta.ki

雞肉火鍋

---

5 食（た）べられないものはありますか？

ta.be.ra.re.na.i mo.no wa a.ri.ma.su ka

有不能吃的東西嗎？

6 牛肉（ぎゅうにく）以外（いがい）なら、何（なん）でも食（た）べられます。

gyu.u.ni.ku i.ga.i na.ra na.n de.mo ta.be.ra.re.ma.su

牛肉之外的話，什麼都能吃。

套進去說說看

さしみ
刺身
sa.shi.mi
生魚片

うなぎ
鰻
u.na.gi
鰻魚

なっとう
納豆
na.t.to.o
納豆

ピーマン
pi.i.ma.n
青椒

にんじん
人参
ni.n.ji.n
紅蘿蔔

きゅうり
胡瓜
kyu.u.ri
小黃瓜

ばさし
馬刺
ba.sa.shi
生馬肉

しおから
塩辛
shi.o.ka.ra
鹽辛
（用鹽醃製的海鮮食品）

どじょう
do.jo.o
泥鰍

7 生物(なまもの)は苦手(にがて)です。

na.ma.mo.no wa ni.ga.te de.su

我怕生的東西。

套進去說說看

脂(あぶら)っこい a.bu.ra.k.ko.i 油膩的	甘(あま)い a.ma.i 甜的
辛(から)い ka.ra.i 辣的	

---

8 この辺(へん)においしいラーメン屋(や)さんはありますか？

ko.no he.n ni o.i.shi.i ra.a.me.n ya sa.n wa a.ri.ma.su ka

這附近有好吃的拉麵店嗎？

9 焼肉（やきにく）なら、この店（みせ）がおすすめです。

ya.ki.ni.ku na.ra ko.no mi.se ga o su.su.me de.su

燒肉的話，很推薦這家店。

套進去說說看

釜飯（かまめし）
ka.ma.me.shi
鍋燒飯

しゃぶしゃぶ
sha.bu.sha.bu
涮涮鍋

もんじゃ焼（や）き
mo.n.ja.ya.ki
文字燒

レストランに入(はい)る

re.su.to.ra.n ni ha.i.ru

進餐廳

1 何名様(なんめいさま)ですか？

na.n.me.e sa.ma de.su ka

有幾位呢？

---

2 座敷席(ざしきせき)とテーブル席(せき)のどちらになさいますか？

za.shi.ki se.ki to te.e.bu.ru se.ki no do.chi.ra ni na.sa.i.ma.su ka

您要榻榻米房間的位子還是桌席呢？

套進去說說看

禁煙席(きんえんせき)	喫煙席(きつえんせき)
ki.n.e.n se.ki	ki.tsu.e.n se.ki
禁菸席	吸菸席

3 個室(こしつ)はありますか？

ko.shi.tsu wa a.ri.ma.su ka

有包廂嗎？

---

4 窓際(まどぎわ)の席(せき)をお願(ねが)いしたいんですが……。

ma.do.gi.wa no se.ki o o ne.ga.i shi.ta.i n de.su ga

我想麻煩你靠窗的位子……。

---

5 ただいま満席(まんせき)です。

ta.da.i.ma ma.n.se.ki de.su

目前客滿。

---

6 どれぐらい待(ま)ちますか？

do.re gu.ra.i ma.chi.ma.su ka

要等多久呢？

---

7 相席(あいせき)でもよろしいですか？

a.i.se.ki de.mo yo.ro.shi.i de.su ka

同坐一桌可以嗎？

注文（ちゅうもん）

chu.u.mo.n

點菜

1 メニューをください。

me.nyu.u o ku.da.sa.i

請給我菜單。

套進去說說看

おしぼり o.shi.bo.ri 濕毛巾	灰皿（はいざら） ha.i.za.ra 菸灰缸
取り皿（とりざら） to.ri.za.ra 小盤子	お冷（ひや） o hi.ya 冰開水
ご飯（はん） go.ha.n 白飯	スプーン su.pu.u.n 湯匙
スペシャルランチ su.pe.sha.ru ra.n.chi 午間特餐	焼き魚定食（やきざかなていしょく） ya.ki.za.ka.na te.e.sho.ku 烤魚定食

ワインリスト

wa.i.n ri.su.to

酒單

ちゅうもん

2 注文してもいいですか？

chu.u.mo.n.shi.te mo i.i de.su ka

可以點菜了嗎？

りょうり　なん

3 おすすめの料理は何ですか？

o su.su.me no ryo.o.ri wa na.n de.su ka

推薦料理是什麼呢？

わたし　はな

4 私はこの華コースにします。

wa.ta.shi wa ko.no ha.na ko.o.su ni shi.ma.su

我要點這個華套餐。

5 カルビをもう1つ追加(ひと)(ついか)します。

ka.ru.bi o mo.o hi.to.tsu tsu.i.ka.shi.ma.su

還要追加一份五花肉。

套進去說說看

中落ち(なかお) na.ka.o.chi 骨頭中間的肉	葱塩タン(ねぎしお) ne.gi.shi.o ta.n 鹽蔥醬牛舌
ヒレ肉(にく) hi.re.ni.ku 菲力	上ミノ(じょう) jo.o mi.no 上等毛肚
ピートロ pi.i.to.ro 松阪豬肉	ロース ro.o.su 里肌肉
ハラミ ha.ra.mi 腹胸肉	レバー re.ba.a 肝
てっちゃん te.c.cha.n 牛大腸	

6 ご飯(はん)は大盛(おおもり)でお願(ねが)いします。

go.ha.n wa o.o.mo.ri de o ne.ga.i shi.ma.su

麻煩你，飯要大碗的。

套進去說說看

小盛(こもり)
ko.mo.ri
小碗

7 胡椒(こしょう)は少(すく)なめでお願(ねが)いします。

ko.sho.o wa su.ku.na.me de o ne.ga.i shi.ma.su

請胡椒放少一點。

套進去說說看

多(おお)め
o.o.me
多一點

ほどほど
ho.do.ho.do
適當

たっぷりめ
ta.p.pu.ri.me
足量

8 にんにくは入(い)れないでください。

ni.n.ni.ku wa i.re.na.i.de ku.da.sa.i

請不要放蒜頭。

套進去說說看

山葵(わさび)
wa.sa.bi
芥末

葱(ねぎ)
ne.gi
蔥

唐辛子(とうがらし)
to.o.ga.ra.shi
辣椒

9 サラダはどちらになさいますか？

sa.ra.da wa do.chi.ra ni na.sa.i.ma.su ka

您要選哪種沙拉呢？

套進去說說看

メインディッシュ
me.i.n.di.s.shu
主菜

ドレッシング
do.re.s.shi.n.gu
沙拉醬

デザート
de.za.a.to
甜點

10 ご注文(ちゅうもん)は以上(いじょう)でよろしいですか？

go chu.u.mo.n wa i.jo.o de yo.ro.shi.i de.su ka

以上點的就好了嗎？

---

11 お飲(の)み物(もの)は今(いま)お持(も)ちしますか、
食後(しょくご)になさいますか？

o no.mi.mo.no wa i.ma o mo.chi shi.ma.su ka

sho.ku.go ni na.sa.i.ma.su ka

飲料要現在拿過來、還是餐後呢？

---

12 注文(ちゅうもん)を替(か)えてもいいですか？

chu.u.mo.n o ka.e.te mo i.i de.su ka

點的菜可以更換嗎？

---

13 チーズバーガーセットを2(ふた)つください。

chi.i.zu.ba.a.ga.a se.t.to o fu.ta.tsu ku.da.sa.i

請給我二份起士漢堡套餐。

套進去說說看

ホットドッグ	ビッグマック
ho.t.to.do.g.gu	bi.g.gu.ma.k.ku
熱狗	大麥克

チキンサンド chi.ki.n.sa.n.do 雞肉三明治	ローストビーフサンド ro.o.su.to.bi.i.fu.sa.n.do 烤牛肉三明治
ベーコンレタスバーガー be.e.ko.n.re.ta.su.ba.a.ga.a 培根萵苣漢堡	フィレオフィッシュバーガー fi.re.o.fi.s.shu.ba.a.ga.a 麥香魚漢堡
てり焼(やき)バーガー te.ri.ya.ki.ba.a.ga.a 照燒漢堡	ホットケーキ ho.t.to.ke.e.ki 鬆餅
チキンナゲット chi.ki.n.na.ge.t.to 炸雞塊	

14 こちらでお召(め)し上(あ)がりですか？

ko.chi.ra de o me.shi.a.ga.ri de.su ka

在這裡用嗎？

15 持(も)ち帰(かえ)りで。

mo.chi.ka.e.ri de

帶走。

16 コーラのサイズはどうなさいますか？

ko.o.ra no sa.i.zu wa do.o na.sa.i.ma.su ka

可樂的大小要如何呢？

17 ミルクはいりません。

mi.ru.ku wa i.ri.ma.se.n

不要奶精。

套進去說說看

シロップ
shi.ro.p.pu
糖漿

氷（こおり）
ko.o.ri
冰塊

砂糖（さとう）
sa.to.o
砂糖

料理(りょうり)が来(き)てから

MP3 42

ryo.o.ri ga ki.te ka.ra

料理來了之後

1 お待(ま)たせしました。ステーキです。

o ma.ta.se shi.ma.shi.ta su.te.e.ki de.su

讓您久等了。這是牛排。

---

2 とても熱(あつ)いので、気(き)をつけてください。

to.te.mo a.tsu.i no.de ki o tsu.ke.te ku.da.sa.i

因為很燙，請小心。

---

3 これはどうやって食(た)べるんですか？

ko.re wa do.o ya.t.te ta.be.ru n de.su ka

這個怎麼吃呢？

---

4 醤油(しょうゆ)をつけて食(た)べます。

sho.o.yu o tsu.ke.te ta.be.ma.su

沾醬油吃。

套進去說說看

塩（しお） shi.o 鹽	たれ ta.re 醬汁
ポン酢（ず） po.n.zu 香橙醋	

5 すみません、お茶（ちゃ）のお代（かわ）りをください。

su.mi.ma.se.n o cha no o ka.wa.ri o ku.da.sa.i

麻煩你，我還要一杯茶。

6 これをもう1皿（ひとさら）お願（ねが）いします。

ko.re o mo.o hi.to.sa.ra o ne.ga.i shi.ma.su

請再給我一盤這個。

7 新（あたら）しいおはしをもらえますか？

a.ta.ra.shi.i o ha.shi o mo.ra.e.ma.su ka

能要雙新（乾淨）的筷子嗎？

苦情

ku.jo.o

不滿

1 注文した料理がまだ来てないんですが……。

chu.u.mo.n.shi.ta ryo.o.ri ga ma.da ki.te na.i n de.su ga

我點的菜還沒來……。

2 スープに髪の毛が入っているんですが……。

su.u.pu ni ka.mi no ke ga ha.i.t.te i.ru n de.su ga

湯裡面有頭髮……。

套進去說說看

虫
mu.shi
蟲子

ごみ
go.mi
髒東西

ゴキブリ
go.ki.bu.ri
蟑螂

3 これは頼(たの)んでないんですけど……。

ko.re wa ta.no.n.de na.i n de.su ke.do

我沒點這個……。

4 しょっぱすぎます。

sho.p.pa.su.gi.ma.su

太鹹了。

套進去說說看

辛(から)

ka.ra

辣

甘(あま)

a.ma

甜

苦(にが)

ni.ga

苦

5 取(と)り替(か)えてください。

to.ri.ka.e.te ku.da.sa.i

請換掉。

6 店長(てんちょう)を呼(よ)んでください。

te.n.cho.o o yo.n.de ku.da.sa.i

請叫店長過來。

食後(しょくご)

sho.ku.go

飯後

1 おいしかったです。

o.i.shi.ka.t.ta de.su

很好吃。

---

2 もう少(すこ)し何(なに)か頼(たの)みましょうか？

mo.o su.ko.shi na.ni ka ta.no.mi.ma.sho.o ka

要不要再點些什麼呢？

---

3 まだ物足(ものた)りないです。

ma.da mo.no.ta.ri.na.i de.su

我還意猶未盡。

---

4 デザートでも取(と)りましょうか？

de.za.a.to de.mo to.ri.ma.sho.o ka

要不要叫個點心什麼的呢？

5 私(わたし)は結構(けっこう)です。

wa.ta.shi wa ke.k.ko.o de.su

我不用了。

---

6 もうおなかがいっぱいです。

mo.o o.na.ka ga i.p.pa.i de.su

肚子已經很撐了。

---

7 本当(ほんとう)によく食(た)べますね。

ho.n.to.o ni yo.ku ta.be.ma.su ne

真的很會吃耶。

---

8 空(あ)いたお皿(さら)を下(さ)げてください。

a.i.ta o sa.ra o sa.ge.te ku.da.sa.i

請把用完的盤子收走。

勘定（かんじょう）

ka.n.jo.o

結帳

1 お勘定（かんじょう）をお願（ねが）いします。

o ka.n.jo.o o o ne.ga.i shi.ma.su

請結帳。

---

2 会計（かいけい）はご一緒（いっしょ）でいいですか？

ka.i.ke.e wa go i.s.sho de i.i de.su ka

一起結帳好嗎？

---

3 別々（べつべつ）にしてください。

be.tsu.be.tsu ni shi.te ku.da.sa.i

請分開算。

---

4 カードは使（つか）えますか？

ka.a.do wa tsu.ka.e.ma.su ka

可以使用信用卡嗎？

5 今日は私のおごりです。

kyo.o wa wa.ta.shi no o.go.ri de.su

今天讓我請。

6 割り勘にしましょう。

wa.ri.ka.n ni shi.ma.sho.o

大家均攤吧。

7 お釣りが間違っていませんか？

o.tsu.ri ga ma.chi.ga.t.te i.ma.se.n ka

錢是不是找錯了？

8 領収書をください。

ryo.o.shu.u.sho o ku.da.sa.i

請給我收據。

飲酒(いんしゅ)

MP3 46

i.n.shu

飲酒

1 久(ひさ)しぶりに１杯(いっぱい)どうですか？

hi.sa.shi.bu.ri ni i.p.pa.i do.o de.su ka

久久來喝一杯如何呢？

---

2 お酒(さけ)は強(つよ)いですか？

o sa.ke wa tsu.yo.i de.su ka

你酒量很好嗎？

---

3 焼酎(しょうちゅう)なら、１本(いっぽん)が限度(げんど)です。

sho.o.chu.u na.ra i.p.po.n ga ge.n.do de.su

燒酒的話，一瓶是極限。

---

4 サワーなら、少(すこ)し飲(の)めます。

sa.wa.a na.ra su.ko.shi no.me.ma.su

如果是沙瓦的話，能喝一點。

5 お酒(さけ)は全然(ぜんぜん)だめです。

o sa.ke wa ze.n.ze.n da.me de.su

喝酒我完全不行。

6 まずはビールをください。

ma.zu wa bi.i.ru o ku.da.sa.i

請先給我啤酒。

套進去說說看

ワイン wa.i.n 葡萄酒	マッコリ ma.k.ko.ri 韓國米酒
ウイスキー u.i.su.ki.i 威士忌	梅酒(うめしゅ) u.me.shu 梅酒

7 焼酎(しょうちゅう)はロックでお願(ねが)いします。

sho.o.chu.u wa ro.k.ku de o ne.ga.i shi.ma.su

麻煩你燒酒加冰塊。

8 日本酒(にほんしゅ)は熱燗(あつかん)にしますか、冷酒(れいしゅ)にしますか？

ni.ho.n.shu wa a.tsu.ka.n ni shi.ma.su ka re.e.shu ni shi.ma.su ka

日本酒要熱酒、還是冷酒呢？

---

9 おつまみは何(なん)にしますか？

o tsu.ma.mi wa na.n ni shi.ma.su ka

要什麼下酒菜呢？

---

10 この店(みせ)の珍味(ちんみ)はおすすめですよ。

ko.no mi.se no chi.n.mi wa o su.su.me de.su yo

很推薦這家店的珍味喔。

（珍味(ちんみ)＝味道特別的料理）

套進去說說看

揚物(あげもの)
a.ge.mo.no
炸物
（炸的食物）

焼物(やきもの)
ya.ki.mo.no
烤物
（烤的食物）

活(い)き造(づく)り
i.ki.zu.ku.ri
活魚生魚片

11 乾杯（かんぱい）！

ka.n.pa.i

乾杯！

12 酔（よ）いが回（まわ）ってきました。

yo.i ga ma.wa.t.te ki.ma.shi.ta

開始茫（醉）了。

13 酔（よ）っぱらわないでくださいね。

yo.p.pa.ra.wa.na.i.de ku.da.sa.i ne

別喝醉耶。

14 二日酔（ふつかよ）いは辛（つら）いですよ。

fu.tsu.ka.yo.i wa tsu.ra.i de.su yo

宿醉可是很痛苦喔。

實戰會話1

A：久(ひさ)しぶりにおいしいものでも食(た)べに行(い)かない？

hi.sa.shi.bu.ri ni o.i.shi.i mo.no de.mo ta.be ni i.ka.na.i

要不要去吃吃睽違已久的好料啊？

B：おごってくれるの？

o.go.t.te ku.re.ru no

要請我嗎？

A：食(た)べたい物(もの)があればどんどん言(い)って。ごちそうするから。

ta.be.ta.i mo.no ga a.re.ba do.n.do.n i.t.te go.chi.so.o.su.ru ka.ra

如果有想吃的東西儘管說。我請你吃。

B：うそじゃないよね。じゃ、焼肉(やきにく)がいい。

u.so ja na.i yo ne ja ya.ki.ni.ku ga i.i

沒騙我吧？那麼，燒肉好。

A：本当(ほんとう)にお肉(にく)に目(め)がないね。

ho.n.to.o ni o ni.ku ni me ga na.i ne

你真的很喜歡肉啊。

B：早(はや)く行(い)こう。

ha.ya.ku i.ko.o

快走吧。

實戰會話2

A：いらっしゃいませ。何名様（なんめいさま）でしょうか?

i.ra.s.sha.i.ma.se na.n.me.e sa.ma de.sho.o ka

歡迎光臨。請問幾位？

B：4人（よにん）です。

yo.ni.n de.su

四個人。

A：おタバコはお吸（す）いになりますか？

o ta.ba.ko wa o su.i ni na.ri.ma su ka

請問吸菸嗎？

B：禁煙席（きんえんせき）でお願（ねが）いします。

ki.n.e.n se.ki de o ne.ga.i shi.ma.su

麻煩你禁菸席。

A：それではご案内（あんない）いたします。

so.re.de.wa go a.n.na.i i.ta.shi.ma.su

那麼讓我為您帶位。

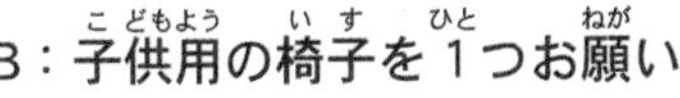

B：子供用の椅子を1つお願い

できますか？

ko.do.mo yo.o no i.su o hi.to.tsu o ne.ga.i

de.ki.ma.su ka

能麻煩你一張兒童座椅嗎？

在日本__________（地名）**吃過**______________**餐廳**

時間：　　　　　　　　地點：

店名：　　　　　　　　料理類別：

Q：點了些什麼？對它的評價如何？最好吃的是料理是什麼？

在日本__________（地名）**吃過**______________**餐廳**

時間：　　　　　　　　地點：

店名：　　　　　　　　料理類別：

Q：點了些什麼？對它的評價如何？最好吃的是料理是什麼？

VI • 購物

場景1 • 銀行

場景2 • 尋找

場景3 • 試穿

場景4 • 付帳

場景5 • 超市

場景6 • 家電量販店

場景7 • 不良品

暖身一下！

日本血拼的時機與技巧

日本商品外型精美，品質也受到國際的肯定，相信有不少準備赴日旅遊的朋友，都打算血拼一番。即使在預算方面，不是很充裕，但只要掌握日本拍賣時期或購買技巧，還是有機會以好康的價格，選購您中意的商品。

喜歡日本服飾的朋友，千萬不要錯過在一月和七月更換商品準備換季的「**クリアランスセール**」（< ku.ri.a.ra.n.su se.e.ru >；清倉大拍賣）。而大家熟悉的「**アウトレット**」（< a.u.to.re.t.to >；暢貨中心），更是早百貨公司一步，約在六月底就會開始進行折扣大拍賣。日本的拍賣品，很少有抬高價錢，再行打折的情況發生，欲購買物超所值的商品，拍賣季節可說是最佳的時機。

至於單價較高的電器用品，也差不多是在同樣的時期進行拍賣，因為拍賣期間剛好是日本發放「**夏（なつ）のボーナス**」（< na.tsu no bo.o.na.su >；夏季年中獎金）、「**冬（ふゆ）のボー**

ナス」（< fu.yu no bo.o.na.su >；冬季年終獎金）之後，畢竟唯有在大家荷包有餘裕時，高價的商品才賣得出去啊！

除了掌握時機，可別忘了還有殺價這個省錢的手段。或許在大家的印象中，日本是個講求不二價的國家，不論是百貨公司、商場、還是個人商店，很少有議價的餘地。其實日本還是有些地方可讓您發揮殺價的功力，特別是在大型的家電量販店，例如「**ヨドバシカメラ**」（< yo.do.ba.shi ka.me.ra >；友都八喜）、「**ビックカメラ**」（< bi.k.ku ka.me.ra >；Bic Camera）只要不是數千或數百日圓的商品，價錢還是可以商量的。即使您天生羞赧，不擅長討價還價，只要告知店員您是觀光客，而且選購的家電等商品之未含稅價格在一萬日圓以上（食品、藥品、美妝、菸酒等消耗品為五千日圓以上）的話，也有些量販店會把8%的消費稅折給您。

此外，在這些大型家電量販店購買商品時，最好當場辦理該店的「**ポイントカード**」（< po.i.n.to ka.a.do >；集點卡），手續非常

簡單，只要填妥姓名、住址，不需要任何證件，即可使用。一般來說，這些量販店的回饋率相當高，特別是使用現金付款的話，甚至有機會可享受到高達百分之十的回饋點數，這個點數在下回購買商品時（當天即可），便可和貨款相抵。

除了電器行，觀光客較多的商區或傳統市場也會給予折扣，例如上野的「アメ横」（< a.me.yo.ko >；阿美橫）等，就有很大的議價空間。準備來日本血拼的朋友，千萬記牢「まけてくれませんか」（< ma.ke.te ku.re.ma.se.n ka >；可不可以算便宜？）這句話，相信能替您省下不少銀兩喔。

銀行（ぎんこう）

gi.n.ko.o

銀行

1 手持（ても）ちがないから、ちょっと下（お）ろして来（き）ます。

te.mo.chi ga na.i ka.ra cho.t.to o.ro.shi.te ki.ma.su

因為手頭沒現金，我去領一下錢。

2 時間外（じかんがい）だとＡＴＭ（エーティーエム）でも手数料（てすうりょう）がかかります。

ji.ka.n.ga.i da to e.e.ti.i.e.mu de.mo te.su.u.ryo.o ga ka.ka.ri.ma.su

即使是自動提款機，所定時間之外就需要手續費。

3 銀行窓口（ぎんこうまどぐち）の営業時間（えいぎょうじかん）は何時（なんじ）までですか？

gi.n.ko.o.ma.do.gu.chi no e.e.gyo.o.ji.ka.n wa na.n.ji ma.de de.su ka

銀行窗口的營業時間到幾點為止呢？

4 暗証番号(あんしょうばんごう)を忘(わす)れました。

a.n.sho.o.ba.n.go.o o wa.su.re.ma.shi.ta

我忘了密碼。

套進去說說看

キャッシュカード
kya.s.shu.ka.a.do
提款卡

通帳(つうちょう)
tsu.u.cho.o
存摺

印鑑(いんかん)
i.n.ka.n
印章

---

5 振込(ふりこ)みしたいんですけど……。

fu.ri.ko.mi.shi.ta.i n de.su ke.do

我想要匯錢……。

---

6 通帳(つうちょう)の繰(く)り越(こ)しをお願(ねが)いします。

tsu.u.cho.o no ku.ri.ko.shi o o ne.ga.i shi.ma.su

麻煩你換新存摺。

7 カードをなくしたので、止(と)めてください。

ka.a.do o na.ku.shi.ta no.de to.me.te ku.da.sa.i

因為卡片不見了，請止付。

探す（さが）

sa.ga.su

尋找

1 今日（きょう）のセール会場（かいじょう）はどこですか？

kyo.o no se.e.ru ka.i.jo.o wa do.ko de.su ka

今天的拍賣會場在哪裡呢？

套進去說說看

特売（とくばい）
to.ku.ba.i
特賣

展示（てんじ）
te.n.ji
展示

イベント
i.be.n.to
活動

2 靴（くつ）売（う）り場（ば）は何階（なんがい）ですか？

ku.tsu.u.ri.ba wa na.n.ga.i de.su ka

鞋子賣場在幾樓呢？

套進去說說看

紳士服（しんしふく） shi.n.shi.fu.ku 紳士服	婦人服（ふじんふく） fu.ji.n.fu.ku 仕女服
スポーツ用品（ようひん） su.po.o.tsu yo.o.hi.n 運動用品	子供服（こどもふく） ko.do.mo.fu.ku 兒童服
ベビー用品（ようひん） be.bi.i yo.o.hi.n 嬰兒用品	文具（ぶんぐ） bu.n.gu 文具
おもちゃ o.mo.cha 玩具	アクセサリー a.ku.se.sa.ri.i 飾品
家電（かでん） ka.de.n 家電	書籍（しょせき） sho.se.ki 書籍
生活用品（せいかつようひん） se.e.ka.tsu yo.o.hi.n 生活用品	食品（しょくひん） sho.ku.hi.n 食品

3 この辺(へん)にドラッグストアはありますか？

ko.no he.n ni do.ra.g.gu.su.to.a wa a.ri.ma.su ka

這附近有藥妝店嗎？

套進去說說看

スーパー su.u.pa.a 超市	郵便局(ゆうびんきょく) yu.u.bi.n.kyo.ku 郵局
喫茶店(きっさてん) ki.s.sa.te.n 咖啡廳	トイレ to.i.re 廁所
八百屋(やおや) ya.o.ya 蔬菜水果店	ガソリンスタンド ga.so.ri.n.su.ta.n.do 加油站

4 いらっしゃいませ、何(なに)かお探(さが)しですか？

i.ra.s.sha.i.ma.se na.ni ka o sa.ga.shi de.su ka

歡迎光臨，請問需要些什麼？

5 財布(さいふ)を探(さが)しているんですが……。

sa.i.fu o sa.ga.shi.te i.ru n de.su ga

我在找錢包……。

套進去說說看

コート ko.o.to 大衣	ベルト be.ru.to 皮帶
ストール su.to.o.ru 披肩	マフラー ma.fu.ra.a 圍巾
スカーフ su.ka.a.fu 絲巾	鞄（かばん） ka.ba.n 皮包
トランク to.ra.n.ku 行李箱	日焼け止め（ひやどめ） hi.ya.ke.do.me 防曬油
口紅（くちべに） ku.chi.be.ni 口紅	マスカラ ma.su.ka.ra 睫毛膏
アイシャドー a.i.sha.do.o 眼影	ファンデーション fa.n.de.e.sho.n 粉底

6 見(み)ているだけです。

mi.te i.ru da.ke de.su

只是看看。

7 最新(さいしん)モデルはありますか？

sa.i.shi.n mo.de.ru wa a.ri.ma.su ka

有最新機種嗎？

8 すでに売(う)り切(き)れです。

su.de.ni u.ri.ki.re de.su

已經賣光了。

9 在庫(ざいこ)を調(しら)べてもらえますか？

za.i.ko o shi.ra.be.te mo.ra.e.ma.su ka

可以替我查一下存貨嗎？

10 取(と)り寄(よ)せできますか？

to.ri.yo.se de.ki.ma.su ka

可以調貨嗎？

⓫ ショーケースの中(なか)の時計(とけい)を見(み)せてもらえますか？

sho.o.ke.e.su no na.ka no to.ke.e o mi.se.te mo.ra.e.ma.su ka

展示櫃裡的手錶能讓我看看嗎？

套進去說說看

指輪(ゆびわ) yu.bi.wa 戒指	ブレスレット bu.re.su.re.t.to 手環
ネックレス ne.k.ku.re.su 項鍊	ピアス pi.a.su 針式耳環
ネクタイピン ne.ku.ta.i.pi.n 領帶夾	ブローチ bu.ro.o.chi 胸針

⑫ これは本皮(ほんがわ)ですか？

ko.re wa ho.n.ga.wa de.su ka

這是真皮嗎？

套進去說說看

合皮(ごうひ)
go.o.hi
合成皮革

鍍金(めっき)
me.k.ki
鍍金

天然(てんねん)
te.n.ne.n
天然

日本製(にほんせい)
ni.ho.n.se.e
日本製

中国製(ちゅうごくせい)
chu.u.go.ku.se.e
中國製

セカンドハンド
se.ka.n.do.ha.n.do
（＝中古品(ちゅうこひん)）
chu.u.ko.hi.n
二手貨

純金(じゅんきん)
ju.n.ki.n
純金

１８金(じゅうはちきん)
ju.u.ha.chi.ki.n
18K金

試着（しちゃく）

shi.cha.ku

試穿

1 試着（しちゃく）してもいいですか？

shi.cha.ku.shi.te mo i.i de.su ka

可以試穿嗎？

2 はい、こちらへどうぞ。

ha.i ko.chi.ra e do.o.zo

沒問題，這邊請。

3 この靴（くつ）を履（は）いてみてもいいですか？

ko.no ku.tsu o ha.i.te mi.te mo i.i de.su ka

可以試穿這個鞋子看看嗎？

4 私(わたし)にはちょっと派手(はで)みたいです。

wa.ta.shi ni wa cho.t.to ha.de mi.ta.i de.su

對我來說，好像有點花俏。

套進去說說看

小(ちい)さい
chi.i.sa.i
小

短(みじか)い
mi.ji.ka.i
短

長(なが)い
na.ga.i
長

地味(じみ)
ji.mi
樸素

---

5 胸(むね)のあたりがきついです。

mu.ne no a.ta.ri ga ki.tsu.i de.su

胸部附近很緊。

套進去說說看

ウエスト
u.e.su.to
腰部

お尻(しり)
o shi.ri
臀部

太(ふと)もも
fu.to.mo.mo
大腿

❻ ちょうどぴったりです。

cho.o.do pi.t.ta.ri de.su

剛剛好。

---

❼ パンツの丈（たけ）を詰（つ）めることはできますか？

pa.n.tsu no ta.ke o tsu.me.ru ko.to wa de.ki.ma.su ka

可以截短褲子的長度嗎？

---

❽ お直（なお）し代（だい）は別途（べっと）ですか？

o na.o.shi.da.i wa be.t.to de.su ka

修改費另付嗎？

---

❾ お直（なお）しの時間（じかん）はどのくらいかかりますか？

o na.o.shi no ji.ka.n wa do.no ku.ra.i ka.ka.ri.ma.su ka

大概需要多少修改時間呢？

---

❿ 中敷（なかじき）を入（い）れてもらえますか？

na.ka.ji.ki o i.re.te mo.ra.e.ma.su ka

能替我放鞋墊嗎？

11 パッド を 外(はず)せますか？

pa.d.do o ha.zu.se.ma.su ka

可以拿掉墊肩嗎？

12 色違(いろちが)いはありますか？

i.ro.chi.ga.i wa a.ri.ma.su ka

有不同顏色的嗎？

13 もう少(すこ)し大(おお)きいのはありませんか？

mo.o su.ko.shi o.o.ki.i no wa a.ri.ma.se.n ka

沒有稍微大一點的嗎？

套進去說說看

安(やす)い
ya.su.i
便宜

控(ひか)えめ
hi.ka.e.me
普通

シンプルな
shi.n.pu.ru.na
簡單

払う（はら）

MP3 50

ha.ra.u

付帳

1 これはいくらですか？

ko.re wa i.ku.ra de.su ka

這個多少錢呢？

2 これをください。

ko.re o ku.da.sa.i

請給我這個。

3 割引（わりびき）はありますか？

wa.ri.bi.ki wa a.ri.ma.su ka

有折扣嗎？

4 分割払（ぶんかつばら）いができますか？

bu.n.ka.tsu ba.ra.i ga de.ki.ma.su ka

可以分期付款嗎？

5 一括払いしかできません。

i.k.ka.tsu ba.ra.i shi.ka de.ki.ma.se.n

只能一次付清。

---

6 プレゼント用に包んでください。

pu.re.ze.n.to yo.o ni tsu.tsu.n.de ku.da.sa.i

請包裝成禮品。

---

7 家まで配送してもらえますか？

u.chi ma.de ha.i.so.o.shi.te mo.ra.e.ma.su ka

能不能麻煩你送到我家呢？

---

8 配送料はいくらですか？

ha.i.so.o.ryo.o wa i.ku.ra de.su ka

運費是多少錢呢？

場景5 スーパーマーケット MP3 51

su.u.pa.a.ma.a.ke.t.to

超市

1 野菜(やさい)コーナーはどこですか？

ya.sa.i ko.o.na.a wa do.ko de.su ka

蔬菜區在哪裡呢？

套進去說說看

日用品(にちようひん) ni.chi.yo.o.hi.n 日用品	お惣菜(そうざい) o so.o.za.i 熟食等家常菜
鮮魚(せんぎょ) se.n.gyo 鮮魚	精肉(せいにく) se.e.ni.ku 肉類
輸入品(ゆにゅうひん) yu.nyu.u.hi.n 進口品	パン pa.n 麵包
お菓子(かし) o ka.shi 零食	ペット用品(ようひん) pe.t.to.yo.o.hi.n 寵物用品

2 ドッグフードは置(お)いてありますか？

do.g.gu.fu.u.do wa o.i.te a.ri.ma.su ka

有賣狗食嗎？

3 この魚(さかな)をさばいてもらえますか？

ko.no sa.ka.na o sa.ba.i.te mo.ra.e.ma.su ka

能幫我把魚處理一下嗎？

4 日曜日(にちようび)は挽肉(ひきにく)の特売日(とくばいび)です。

ni.chi.yo.o.bi wa hi.ki.ni.ku no to.ku.ba.i.bi de.su

星期天是絞肉的特價日。

套進去說說看

冷凍食品(れいとうしょくひん) re.e.to.o.sho.ku.hi.n 冷凍食品	乳製品(にゅうせいひん) nyu.u.se.e.hi.n 乳製品
清涼飲料水(せいりょういんりょうすい) se.e.ryo.o.i.n.ryo.o.su.i 不含酒精的清涼飲料	和菓子(わがし) wa.ga.shi 和菓子
弁当(べんとう) be.n.to.o 便當	青果(せいか) se.e.ka 蔬菜水果

5 ドライアイスをください。

do.ra.i.a.i.su o ku.da.sa.i

請給我乾冰。

套進去說說看

保冷剤（ほれいざい） ho.re.e.za.i 保冷劑	氷（こおり） ko.o.ri 冰塊
ビニール袋（ぶくろ） bi.ni.i.ru.bu.ku.ro 塑膠袋	ダンボール da.n.bo.o.ru 瓦楞紙箱

家電量販店

ka.de.n ryo.o.ha.n.te.n

家電量販店

1 この液晶テレビ、在庫はありますか？

ko.no e.ki.sho.o.te.re.bi za.i.ko wa a.ri.ma.su ka

這個液晶電視，有庫存嗎？

套進去說說看

冷蔵庫 re.e.zo.o.ko 冰箱	ドライヤー do.ra.i.ya.a 吹風機
一眼レフ i.chi.ga.n.re.fu 單眼相機	洗濯機 se.n.ta.ku.ki 洗衣機
ゲーム機 ge.e.mu.ki 遊樂器	加湿器 ka.shi.tsu.ki 加濕器
電子レンジ de.n.shi.re.n.ji 微波爐	空気清浄機 ku.u.ki.se.e.jo.o.ki 空氣清淨機

でんきもうふ 電気毛布 de.n.ki.mo.o.fu 電毯	オーディオ o.o.di.o 音響
プリンター pu.ri.n.ta.a 印表機	そうじき 掃除機 so.o.ji.ki 吸塵器

2 すみません、展示品（てんじひん）のみなんですが……。

su.mi.ma.se.n te.n.ji.hi.n no.mi na n de.su ga

對不起，只有展示品……。

3 保証（ほしょう）が付（つ）いていますか？

ho.sho.o ga tsu.i.te i.ma.su ka

有附保證嗎？

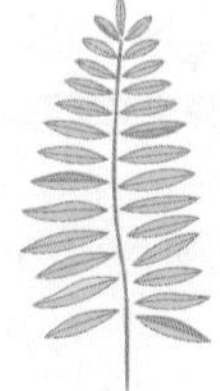

4 取(と)り付(つ)け料(りょう)は無料(むりょう)です。

to.ri.tsu.ke.ryo.o wa mu.ryo.o de.su

安裝費免費。

套進去說說看

有料(ゆうりょう)	サービス
yu.u.ryo.o	sa.a.bi.su
須收費	贈送

1 500円(せんごひゃくえん)
se.n.go.hya.ku.e.n
一千五百日圓

---

5 どうやって使(つか)うんですか？

do.o ya.t.te tsu.ka.u n de.su ka

該怎麼用呢？

---

6 操作(そうさ)はとても簡単(かんたん)です。

so.o.sa wa to.te.mo ka.n.ta.n de.su

操作非常簡單。

不良品（ふりょうひん）

MP3 53

fu.ryo.o.hi.n

不良品

1 先日（せんじつ）買（か）ったゲームプレーヤー、動（うご）かないんですが……。

se.n.ji.tsu ka.t.ta ge.e.mu pu.re.e.ya.a

u.go.ka.na.i n de.su ga

前幾天買的遊樂器不能動……。

套進去說說看

壊（こわ）れていた ko.wa.re.te i.ta 是壞的	すぐ壊（こわ）れてしまった su.gu ko.wa.re.te shi.ma.t.ta 馬上就壞了

2 裾（すそ）にシミがついています。

su.so ni shi.mi ga tsu.i.te i.ma.su

下擺有污漬。

3 部品が足りないんです。

bu.hi.n ga ta.ri.na.i n de.su

零件不足。

4 買った時に気づきませんでした。

ka.t.ta to.ki ni ki.zu.ki.ma.se.n de.shi.ta

買的時候沒注意到。

5 返品したいんですが……。

he.n.pi.n.shi.ta.i n de.su ga

我想退貨……。

6 新しいのと交換できますか？

a.ta.ra.shi.i no to ko.o.ka.n de.ki.ma.su ka

可以換新的嗎？

7 レシートをお持ちですか？

re.shi.i.to o o mo.chi de.su ka

您有收據嗎？

實戰會話1

A：そのマネキンの着ているブラウスを見せてもらえますか？

so.no ma.ne.ki.n no ki.te i.ru bu.ra.u.su o mi.se.te mo.ra.e.ma.su ka

可以讓我看看那個人體模型穿的襯衫嗎？

B：このブラウスですか？少々お待ちください。

ko.no bu.ra.u.su de.su ka sho.o.sho.o o ma.chi ku.da.sa.i

這件襯衫嗎？請稍等。

A：新品はありますか？

shi.n.pi.n wa a.ri.ma.su ka

有新的嗎？

B：大変申し訳ございませんが、展示品のみとなります。

ta.i.he.n mo.o.shi.wa.ke go.za.i.ma.se.n ga te.n.ji.hi.n no.mi to na.ri.ma.su

非常抱歉，只有展示品。

A：そうですか。

so.o de.su ka

這樣啊。

B：他(ほか)の色(いろ)であれば、ご用意(ようい)できますが……。

ho.ka no i.ro de a.re.ba go yo.o.i de.ki.ma.su ga

其他顏色的話，可以為您準備……。

實戰會話2

A：このデジカメは、今日限り（きょうかぎり）
３０％引き（さんじゅっパーセントびき）で、大変お買い得（たいへんおかいどく）と
なっております。

ko.no de.ji.ka.me wa kyo.o ka.gi.ri
sa.n.ju.p.pa.a.se.n.to bi.ki de ta.i.he.n o ka.i.do.ku to
na.t.te o.ri.ma.su

這個數位相機，只限今天打七折，非常划算。

B：もう少し（すこし）安く（やすく）なりませんか？

mo.o su.ko.shi ya.su.ku na.ri.ma.se.n ka

能不能再便宜點呢？

A：すみません。
もうギリギリの値段（ねだん）なんです。

su.mi.ma.se.n
mo.o gi.ri.gi.ri no ne.da.n na n de.su.

對不起。已經是最低價格了。

B：そこをなんとか。

so.ko o na.n to ka

再想點辦法嘛～。

A：大変申し訳（たいへんもうしわけ）ございません。
本当（ほんとう）にこれ以上（いじょう）は無理（むり）です。

ta.i.he.n mo.o.shi.wa.ke go.za.i.ma.se.n

ho.n.to.o ni ko.re i.jo.o wa mu.ri de.su

非常抱歉。真的是無法再便宜了。

B：仕方（しかた）ないですね。じゃ、それをください。

shi.ka.ta na.i de.su ne ja so.re o ku.da.sa.i

沒辦法囉！那麼，請給我那個。

VII・交通

場景1・飛機

場景2・電車

場景3・巴士

場景4・計程車

場景5・駕駛

場景6・問路

暖身一下！

如何搭乘日本的大眾交通工具

電車、公車，可說是日本最普遍的大眾運輸工具。至於計程車因為收價頗昂貴，一般人使用的機率不高。以東京為例，計程車不論中小型，起跳就是七百三十日圓，超過二公里後，每二百八十公尺就得加價九十日圓。此外，從晚上十點到清晨五點，還要加收二成的「**深夜割増料金**」（< shi.n.ya wa.ri.ma.shi ryo.o.ki.n >；深夜加成費用），因此若非必要，利用的人並不多。

在人口眾多的都會區裡，因為人多車也多，最便捷的交通工具非電車莫屬，既不怕塞車，效率亦佳。至於一般民眾使用的路線公車，因為方向錯綜複雜，許多站名外地人也比較不熟悉，難度較高，初次造訪日本的朋友，建議還是從電車開始適應為佳。

要怎麼搭電車呢？首先只要在電車的路線圖上找到自己欲前往的站名，就可知道要往什麼方向、搭什麼線了。進了「**改札口**」（<

ka.i.sa.tsu.gu.chi >；剪票口），可在上方的電光板找到欲搭乘路線的月台號碼，為了避免坐成反方向，可參考月台上往哪個方向行駛的標示。

搭乘電車時還要注意所搭乘的電車是特急、急行，還是普通，因為特急和急行電車小站不停，搭乘前一定要確認清楚。至於車資，有些特急電車需要特急券，例如小田急線；有的就不需要，例如東橫線。如何分辨？只要在購票處或月台看看有無特急券的販賣，就知道需不需要特急券了。此外，搭乘JR時，若無事先購買「グリーン券」（< gu.ri.i.n.ke.n >；綠色車廂乘車券），請別誤搭「グリーン車」（< gu.ri.i.n.sha >；綠色車廂，有指定座位的高級車廂），事後補票會貴很多。

如果您有需要利用這些大眾交通工具，也建議您事先購買交通卡，除了可省去查詢票價、排隊買票的麻煩，在轉換電車時，也不需要一一購票，而且比現金購票便宜。

日本的交通卡和台北的悠遊卡一樣，同為感應非接觸式的IC卡，不必特別從車票夾或錢包拿出來，只要在感應器上晃一下，使其感應即可。「チャージ」（< cha.a.ji >；加值）的金額以千圓為單位，最高可加到二萬日圓。

交通卡可在車站窗口或自動購票機購買，金額任選，以「SUICA（スイカ）」和「PASMO（パスモ）」為例，最便宜的是一千日圓，皆內含五百日圓的「デポジット」（< de.po.ji.t.to >；保證金），不用時可退還（退還時，最好把卡內儲值的金額用罄，否則要另付手續費）。有了這些基本概念，想自由行的朋友，交通就不成問題囉！

飛行機（ひこうき）

hi.ko.o.ki

飛機

1 東京行（とうきょうゆ）きのチケットを予約（よやく）したいんですが……。

to.o.kyo.o yu.ki no chi.ke.t.to o yo.ya.ku.shi.ta.i n de.su ga

我想訂往東京的機票……。

---

2 空席（くうせき）はありますか？

ku.u.se.ki wa a.ri.ma.su ka

有空位子嗎？

---

3 その便（びん）はキャンセル待（ま）ちになりますが……。

so.no bi.n wa kya.n.se.ru ma.chi ni na.ri.ma.su ga

那個班次要候補……。

4 空(あ)きが出(で)たら、すぐご連絡(れんらく)いたします。

a.ki ga de.ta.ra su.gu go re.n.ra.ku i.ta.shi.ma.su

若有空位，馬上聯絡您。

---

5 お願(ねが)いします。

o ne.ga.i shi.ma.su

麻煩了。

---

6 往復(おうふく)でよろしいですか？

o.o.fu.ku de yo.ro.shi.i de.su ka

來回可以嗎？

套進去說說看

片道(かたみち)

ka.ta.mi.chi

單程

---

7 日本航空(にほんこうくう)のカウンターはどこですか？

ni.ho.n.ko.o.ku.u no ka.u.n.ta.a wa do.ko de.su ka

日本航空的櫃檯在哪裡呢？

8 通路際(つうろぎわ)の席(せき)をお願(ねが)いします。

tsu.u.ro.gi.wa no se.ki o o ne.ga.i shi.ma.su

請給我靠走道的位子。

套進去說說看

窓際(まどぎわ)

ma.do.gi.wa

靠窗

9 これは機内(きない)に持(も)ち込(こ)みできますか？

ko.re wa ki.na.i ni mo.chi.ko.mi de.ki.ma.su ka

這個可以帶進機內嗎？

10 中(なか)に割(わ)れやすいものが入(はい)っていますか？

na.ka ni wa.re.ya.su.i mo.no ga ha.i.t.te i.ma.su ka

裡面有易碎品嗎？

11 出入国(しゅつにゅうこく)カードと税関申告書(ぜいかんしんこくしょ)をください。

shu.tsu.nyu.u.ko.ku ka.a.do to

ze.e.ka.n shi.n.ko.ku.sho o ku.da.sa.i

請給我出入境卡和關稅申報單。

⑫ 申告(しんこく)するものはありません。

shi.n.ko.ku.su.ru mo.no wa a.ri.ma.se.n

我沒有要申報的東西。

⑬ 横浜(よこはま)行(ゆ)きのリムジンバスはどこで乗(の)りますか？

yo.ko.ha.ma yu.ki no ri.mu.ji.n ba.su wa do.ko de no.ri.ma.su ka

前往橫濱的利木津巴士在哪裡搭呢？

⑭ リコンファームをお願(ねが)いします。

ri.ko.n.fa.a.mu o o ne.ga.i shi.ma.su

麻煩你，我要確認機位。

電車（でんしゃ）

de.n.sha

電車

MP3 55

1 切符売り場（きっぷうりば）はどこですか？

ki.p.pu u.ri.ba wa do.ko de.su ka

售票處在哪裡呢？

套進去說說看

改札口（かいさつぐち）
ka.i.sa.tsu.gu.chi
剪票口

精算機（せいさんき）
se.e.sa.n.ki
補票機

緑の窓口（みどりのまどぐち）
mi.do.ri no ma.do.gu.chi
綠色窗口
（日本JR的票務櫃檯）

❷ すみません、切符(きっぷ)を買(か)い間違(まちが)えちゃったんですが……。

su.mi.ma.se.n ki.p.pu o ka.i.ma.chi.ga.e.cha.t.ta n de.su ga

對不起，車票買錯了……。

❸ 横須賀(よこすか)行(ゆ)きの電車(でんしゃ)は何番(なんばん)ホームですか？

yo.ko.su.ka yu.ki no de.n.sha wa na.n.ba.n ho.o.mu de.su ka

往横須賀的電車是幾號月台呢？

❹ 山手線(やまのてせん)はどこで乗(の)り換(か)えればいいですか？

ya.ma.no.te se.n wa do.ko de no.ri.ka.e.re.ba i.i de.su ka

山手線在哪裡換車好呢？

❺ この電車(でんしゃ)は新橋(しんばし)に停(と)まりますか？

ko.no de.n.sha wa shi.n.ba.shi ni to.ma.ri.ma.su ka

這個電車有在新橋停嗎？

6 特急券（とっきゅうけん）はホームの券売機（けんばいき）でも買（か）えます。

to.k.kyu.u.ke.n wa ho.o.mu no ke.n.ba.i.ki de.mo ka.e.ma.su

特急券在月台的售票機也買得到。

7 自由席（じゆうせき）は何号車（なんごうしゃ）ですか？

ji.yu.u.se.ki wa na.n.go.o.sha de.su ka

自由座是幾號車廂呢？

套進去說說看

指定席（していせき）
shi.te.e.se.ki
對號座

グリーン車（しゃ）
gu.ri.i.n.sha
綠色車廂
（日本JR有指定座位的特等車廂）

バス

MP3 56

ba.su

巴士

1 京都(きょうと)行(ゆ)きのバス乗(の)り場(ば)はどこですか？

kyo.o.to yu.ki no ba.su no.ri.ba wa do.ko de.su ka

往京都的巴士乘車處在哪裡呢？

---

2 次(つぎ)の電車(でんしゃ)はいつですか？

tsu.gi no de.n.sha wa i.tsu de.su ka

下班電車是什麼時候呢？

套進去說說看

始発(しはつ)	終電(しゅうでん)
shi.ha.tsu	shu.u.de.n
頭班車	末班車

---

3 大人(おとな)1人(ひとり)と子供(こども)2人(ふたり)です。

o.to.na hi.to.ri to ko.do.mo fu.ta.ri de.su

一個大人和二個小孩。

4 浜松町（はままつちょう）まではいくらですか？

ha.ma.ma.tsu.cho.o ma.de wa i.ku.ra de.su ka

到濱松町要多少錢呢？

5 料金（りょうきん）は下車（げしゃ）する時（とき）に払（はら）うんですか？

ryo.o.ki.n wa ge.sha.su.ru to.ki ni ha.ra.u n de.su ka

費用是下車時付費嗎？

套進去說說看

乗車（じょうしゃ）

jo.o.sha.

上車

6 美術館前（びじゅつかんまえ）になったら、教（おし）えてもらえますか？

bi.ju.tsu.ka.n.ma.e ni na.t.ta.ra o.shi.e.te mo.ra.e.ma.su ka

到了美術館前，能不能告訴我呢？

7 八王子駅（はちおうじえき）はあと何個目（なんこめ）ですか？

ha.chi.o.o.ji e.ki wa a.to na.n.ko.me de.su ka

到八王子車站還有幾站呢？

8 市役所(しやくしょ)はまだですか？

shi.ya.ku.sho wa ma.da de.su ka

市公所還沒到嗎？

タクシー

MP3 57

ta.ku.shi.i

計程車

1 タクシーを呼(よ)んでいただけますか？

ta.ku.shi.i o yo.n.de i.ta.da.ke.ma.su ka

能幫我叫計程車嗎？

2 関西空港(かんさいくうこう)の出発(しゅっぱつ)ロビーまでお願(ねが)いします。

ka.n.sa.i ku.u.ko.o no shu.p.pa.tsu ro.bi.i ma.de o ne.ga.i shi.ma.su

麻煩到關西機場的出境大廳。

套進去說說看

到着(とうちゃく)

to.o.cha.ku

入境

3 大きい荷物があるんですが、トランクを開けてもらえますか？

o.o.ki.i ni.mo.tsu ga a.ru n de.su ga to.ra.n.ku o a.ke.te mo.ra.e.ma.su ka

我有大件行李，可以替我打開後車廂嗎？

4 大涌谷まではいくらぐらいかかりますか？

o.o.wa.ku.da.ni ma.de wa i.ku.ra gu.ra.i ka.ka.ri.ma.su ka

到大涌谷大概需要多少錢呢？

5 小田原まではどれくらいかかりますか？

o.da.wa.ra ma.de wa do.re ku.ra.i ka.ka.ri.ma.su ka

到小田原大概需要多少時間呢？

6 次(つぎ)の信号(しんごう)を左(ひだり)に曲(ま)がってください。

tsu.gi no shi.n.go.o o hi.da.ri ni ma.ga.t.te ku.da.sa.i

下個紅綠燈請往左轉。

套進去說說看

右(みぎ)

mi.gi

右

---

7 あのビルの前(まえ)で降(お)ろしてください。

a.no bi.ru no ma.e de o.ro.shi.te ku.da.sa.i

請在那棟大廈前面讓我下車。

運転（うんてん）

MP3 58

u.n.te.n

駕駛

1 道（みち）が込（こ）んできましたね。

mi.chi ga ko.n.de ki.ma.shi.ta ne

道路開始擁擠起來了呢。

---

2 ちょうどラッシュアワーに
ぶつかっちゃいましたね。

cho.o.do ra.s.shu.a.wa.a ni

bu.tsu.ka.c.cha.i.ma.shi.ta ne

剛好碰上尖峰時間了呢。

---

3 次（つぎ）のパーキングエリアで
休憩（きゅうけい）しませんか？

tsu.gi no pa.a.ki.n.gu e.ri.a de

kyu.u.ke.e.shi.ma.se.n ka

要不要在下個休息站休息呢？

4 次(つぎ)のジャンクションから7(なな)キロ渋滞(じゅうたい)だそうです。

tsu.gi no ja.n.ku.sho.n ka.ra na.na ki.ro ju.u.ta.i da so.o de.su

聽說從下個交流道起有七公里的阻塞。

5 あのカーナビはあてになるんですか？

a.no ka.a.na.bi wa a.te ni na.ru n de.su ka

那個導航機可靠嗎？

6 スピード違反(いはん)で切符(きっぷ)を切(き)られてしまいました。

su.pi.i.do.i.ha.n de ki.p.pu o ki.ra.re.te shi.ma.i.ma.shi.ta

因超速被開了罰單。

套進去說說看

駐車違反(ちゅうしゃいはん) chu.u.sha.i.ha.n 違規停車	追(お)い越(こ)し違反(いはん) o.i.ko.shi.i.ha.n 違規超車
免許証不携帯(めんきょしょうふけいたい) me.n.kyo.sho.o fu.ke.e.ta.i 未帶駕照	飲酒運転(いんしゅうんてん) i.n.shu.u.n.te.n 喝酒駕車

定員外乗車（ていいんがいじょうしゃ）	携帯電話使用（けいたいでんわしよう）
te.e.i.n.ga.i jo.o.sha	ke.e.ta.i.de.n.wa shi.yo.o
超載	使用行動電話

7 あの通（とお）りは一方通行（いっぽうつうこう）です。

a.no to.o.ri wa i.p.po.o tsu.u.ko.o de.su

那條路是單行道。

場景6

道(みち)を尋(たず)ねる

MP3 59

mi.chi o ta.zu.ne.ru

問路

1 すみません、ちょっと教(おし)えてください。

su.mi.ma.se.n cho.t.to o.shi.e.te ku.da.sa.i

對不起，請教一下。

2 この地図(ちず)だと、今(いま)どの辺(あた)りにいますか？

ko.no chi.zu da to i.ma do.no a.ta.ri ni i.ma.su ka

這個地圖的話，現在是在哪裡呢？

3 最寄(もよ)りの駅(えき)はどこですか？

mo.yo.ri no e.ki wa do.ko de.su ka

最近的車站在哪裡呢？

4 明治神宮(めいじじんぐう)はどう行(い)けばいいですか？

me.e.ji.ji.n.gu.u wa do.o i.ke.ba i.i de.su ka

明治神宮該怎麼走呢？

套進去說說看

竹下通り(たけしたどおり)
ta.ke.shi.ta.do.o.ri
竹下通

六本木(ろっぽんぎ)ヒルズ
ro.p.po.n.gi.hi.ru.zu
六本木Hills

サンシャインシティー
sa.n.sha.i.n.shi.ti.i
太陽城

皇居(こうきょ)
ko.o.kyo
皇居

国会議事堂(こっかいぎじどう)
ko.k.ka.i.gi.ji.do.o
國會議事堂

新宿御苑(しんじゅくぎょえん)
shi.n.ju.ku.gyo.e.n
新宿御苑

上野動物園(うえのどうぶつえん)
u.e.no do.o.bu.tsu.e.n
上野動物園

ジブリ美術館(びじゅつかん)
ji.bu.ri bi.ju.tsu.ka.n
吉卜力美術館

アメ横(よこ)
a.me.yo.ko
阿美橫

5 歩(ある)いて行(い)ける距離(きょり)ですか？

a.ru.i.te i.ke.ru kyo.ri de.su ka

走路可以到的距離嗎？

6 ここから近(ちか)いですか？

ko.ko ka.ra chi.ka.i de.su ka

離這裡很近嗎？

套進去說說看

遠(とお)い
to.o.i
很遠

7 ここから歩(ある)いてどれくらいですか？

ko.ko ka.ra a.ru.i.te do.re ku.ra.i de.su ka

從這裡走路的話，大概要多久呢？

套進去說說看

タクシーで
ta.ku.shi.i de
搭計程車

電車(でんしゃ)で
de.n.sha de
搭電車

バスで
ba.su de
搭巴士

8 何線(なにせん)で行(い)くのが早(はや)いですか？

na.ni.se.n de i.ku no ga ha.ya.i de.su ka

搭什麼線去比較快呢？

9 鎌倉八幡宮(かまくらはちまんぐう)へ行(い)くには、この道(みち)でいいですか？

ka.ma.ku.ra ha.chi.ma.n.gu.u e i.ku ni wa ko.no mi.chi de i.i de.su ka

去鎌倉八幡宮，走這條路對嗎？

10 私(わたし)もよくわからないんですが……。

wa.ta.shi mo yo.ku wa.ka.ra.na.i n de.su ga

我也不是很清楚……。

11 私(わたし)も同(おな)じ方向(ほうこう)なので、一緒(いっしょ)に行(い)きましょう。

wa.ta.shi mo o.na.ji ho.o.ko.o.na no.de i.s.sho.ni i.ki.ma.sho.o

因為我也是同個方向，一起去吧。

---

12 あそこの横断歩道(おうだんほどう)を渡(わた)って、左(ひだり)に曲(ま)がればすぐです。

a.so.ko no o.o.da.n.ho.do.o o wa.ta.t.te hi.da.ri ni ma.ga.re.ba su.gu de.su

過了那邊的斑馬線，往左轉就到了。

套進去說說看

歩道橋(ほどうきょう)
ho.do.o.kyo.o
天橋

踏切(ふみきり)
fu.mi.ki.ri
平交道

地下道(ちかどう)
chi.ka.do.o
地下道

實戰會話1

A：すみません、浅草までは
この電車でいいですか？

su.mi.ma.se.n a.sa.ku.sa ma.de wa
ko.no de.n.sha de i.i de.su ka
對不起，到淺草可以搭這班電車嗎？

B：はい、でも1度乗り換えをしなければ
なりません。

ha.i de.mo i.chi.do no.ri.ka.e o shi.na.ke.re.ba
na.ri.ma.se.n
可以，但是一定要換一趟車。

A：どこで乗り換えるんですか？

do.ko de no.ri.ka.e.ru n de.su ka
在哪裡換車呢？

B：神田駅(かんだえき)で銀座線(ぎんざせん)に乗(の)り換(か)えて

ください。

ka.n.da.e.ki de gi.n.za.se.n ni no.ri.ka.e.te

ku.da.sa.i

請在神田車站換搭銀座線。

八重洲南口(やえすみなみぐち)から、直通(ちょくつう)の

バスもありますが……。

ya.e.su mi.na.mi.gu.chi ka.ra cho.ku.tsu.u no

ba.su mo a.ri.ma.su ga

不過從八重洲南口，也有直達巴士……。

實戰會話2

A：この住所までお願いします。

ko.no ju.u.sho ma.de o ne.ga.i shi.ma.su

麻煩你到這個地址。

B：品川区役所の辺りですね。

shi.na.ga.wa.ku.ya.ku.sho no a.ta.ri de.su ne

是品川區公所的附近吧。

道路が少し混んでいますが、
お時間は大丈夫ですか？

do.o.ro ga su.ko.shi ko.n.de i.ma.su ga
o ji.ka.n wa da.i.jo.o.bu de.su ka

道路有點擁擠，時間沒關係嗎？

A：どのくらいかかりますか？

do.no ku.ra.i ka.ka.ri.ma.su ka

大約要花多少時間呢？

B：３０分（さんじゅっぷん）くらいですかね。

sa.n.ju.p.pu.n ku.ra.i de.su ka ne

差不多三十分鐘吧。

A：それくらいなら、大丈夫（だいじょうぶ）です。
お願（ねが）いします。

so.re ku.ra.i na.ra da.i.jo.o.bu de.su

o ne.ga.i shi.ma.su

那樣的話，沒關係。麻煩你了。

旅(たび)のメモ
旅行備忘

在日本＿＿＿＿＿（地名）**搭過＿＿＿＿＿＿交通工具**

地點：　　　　　　　　交通工具：

出發地：　　　　　　　目的地：

Q：去什麼地方時搭乘的？
和台灣比起來有什麼不同？

在日本＿＿＿＿＿（地名）**搭過＿＿＿＿＿＿交通工具**

地點：　　　　　　　　交通工具：

出發地：　　　　　　　目的地：

Q：去什麼地方時搭乘的？
和台灣比起來有什麼不同？

VIII・通訊

場景1・電話

場景2・行動電話

場景3・電腦

場景4・電子郵件

場景5・郵寄

場景6・宅急便

暖身一下！

日新月異、功能萬千的日本手機

日本通訊科技的發達可說是有目共睹，而汰舊換新的速度也是先進國家中的翹楚，不論是電腦、電話，還是手機，日本各大家電量販店頭所展示的最新通訊機型，總讓人目不暇給，無從選起。在這裡要為大家特別介紹的是多功能、高性能的日本手機，除了打電話、傳簡訊，也可以上網、看電視、聽音樂、玩遊戲、看小說，甚至還可當作信用卡、車票、導航器、照相機、錄影機來使用。小小的手機兼具這麼多的功能，的確可說是忙碌的現代人不可或缺的生活利器。這也是不少日本人在搭電車時，喜歡對著手機埋頭苦幹的原因。雖然在日本的電車裡不能通話，但只要不是在「優先席（ゆうせんせき）」（< yu.u.se.n.se.ki >；博愛座）的位置，還是可以使用通話以外的功能來消磨長時間通勤、通學的無聊時光。

日本手機發展得很早，有很多機能都是世界首創，例如二〇〇〇年最先上市的照相手機、二〇〇一年的3G網路手機、二〇〇二年可下載音樂的手機，以及二〇〇五年擁有數位電視功能的手機等。這些年來，可上網查詢，可下載各種好玩或實用APP的「タッチパネル」（< ta.c.chi.pa.ne.ru >；觸控螢幕）式「スマホ」（< su.ma.ho >；高性能智慧行動手機）更是普遍。而上述的機能也是日新月異，以照相機的功能為例，超過一千萬畫素以上的手機已不稀奇，基本的攝影模式、畫像處理、檔案壓縮超解像等功能，也幾乎和高性能的數位相機並駕齊驅，甚至凌駕其上。

至於日本的手機為什麼會如此進步神速？那是因為日本消費者對商品有追求機能性、喜新厭舊的傾向。一般人在購買手機時，多從具有哪些功能、外型是否時尚新穎選起，而且是功能多多益善、外型越夯越好。為了爭奪顧客，廠商們只好竭盡全力開發更多更新功能、時尚外型的手機。有機會前往日本旅遊的朋友，不妨參觀一下當地的行動電話專賣店，店頭陳列的各式手機，相信一定能讓您嘆為觀止。不過，儘管手機功能眾多，根據調查，一般人經常使用的不過是手機所有搭載功能的5～10%，或許這就是俗謂的「宝の持ち腐れ」（< ta.ka.ra no mo.chi.gu.sa.re >；持有寶物卻不用）吧！

電話（でんわ）

MP3 60

de.n.wa

電話

1 もしもし、山田（やまだ）さんのお宅（たく）ですか？

mo.shi.mo.shi ya.ma.da sa.n no o ta.ku de.su ka

喂，請問是山田公館嗎？

2 すみません、間違（まちが）えました。

su.mi.ma.se.n ma.chi.ga.e.ma.shi.ta

對不起，打錯了。

3 恵美（えみ）さんをお願（ねが）いします。

e.mi sa.n o o ne.ga.i shi.ma.su

請找惠美小姐。

4 お名前（なまえ）をいただけますか？

o na.ma.e o i.ta.da.ke.ma.su ka

請問尊姓大名？

5 少々(しょうしょう)お待(ま)ちください。

sho.o.sho.o o ma.chi ku.da.sa.i

請稍待一會兒。

6 お待(ま)たせしました、恵美(えみ)です。

o ma.ta.se shi.ma.shi.ta e.mi de.su

讓您久等了，我是惠美。

7 今(いま)、会議中(かいぎちゅう)なんですが……。

i.ma ka.i.gi.chu.u na n de.su ga

現在在開會……。

套進去說說看

食事中(しょくじちゅう)
sho.ku.ji.chu.u
用餐中

外出中(がいしゅつちゅう)
ga.i.shu.tsu.chu.u
外出中

電話中(でんわちゅう)
de.n.wa.chu.u
電話中

8 あいにく今（いま）、席（せき）を外（はず）してるんですが……。

a.i.ni.ku i.ma se.ki o ha.zu.shi.te ru n de.su ga

很不巧，現在不在位子上……。

9 伝言（でんごん）をお願（ねが）いできますか？

de.n.go.n o o ne.ga.i de.ki.ma.su ka

可以麻煩傳話嗎？

套進去說說看

メッセージ
me.s.se.e.ji
留言

10 どのようなご用件（ようけん）ですか？

do.no yo.o.na go yo.o.ke.n de.su ka

請問有什麼事嗎？

11 電話(でんわ)があったと伝(つた)えてください。

de.n.wa ga a.t.ta to tsu.ta.e.te ku.da.sa.i

請轉告我有打電話（給他）。

套進去說說看

連絡(れんらく)してほしい	急用(きゅうよう)がある
re.n.ra.ku.shi.te ho.shi.i	kyu.u.yo.o ga a.ru
希望（他）與我連絡	有急事

---

12 あとでこちらから掛(か)け直(なお)します。

a.to de ko.chi.ra ka.ra ka.ke.na.o.shi.ma.su

等一下我這邊再重打。

---

13 営業部(えいぎょうぶ)につないでいただけますか？

e.e.gyo.o.bu ni tsu.na.i.de i.ta.da.ke.ma.su ka

能替我接營業部嗎？

14 国際電話（こくさいでんわ）をしたいんですが……。

ko.ku.sa.i.de.n.wa o shi.ta.i n de.su ga

我想打國際電話⋯⋯。

套進去說說看

指名通話（しめいつうわ）
shi.me.e.tsu.u.wa
指定接聽者的電話

コレクトコール
ko.re.ku.to.ko.o.ru
對方付費電話

長距離電話（ちょうきょりでんわ）
cho.o.kyo.ri.de.n.wa
長途電話

携帯電話（携帯）

けいたいでんわ（けいたい）

MP3 61

ke.e.ta.i.de.n.wa (ke.e.ta.i)

行動電話

1 携帯(けいたい)が鳴(な)ってますよ。

ke.e.ta.i ga na.t.te ma.su yo

手機在響喔。

2 出(で)なくていいんですか？

de.na.ku.te i.i n de.su ka

不接可以嗎？

3 今(いま)、話(はな)せますか？

i.ma ha.na.se.ma.su ka

現在，方便說話嗎？

4 よく聞(き)こえないんですが……。

yo.ku ki.ko.e.na.i n de.su ga

聽不太清楚……。

5 電波(でんぱ)のいいところで掛(か)け直(なお)します。

de.n.pa no i.i to.ko.ro de ka.ke.na.o.shi.ma.su

在收訊好的地方再重打。

6 ご乗車(じょうしゃ)の際(さい)は、マナーモードに設定(せってい)の上(うえ)、通話(つうわ)はご遠慮(えんりょ)ください。

go jo.o.sha no sa.i wa ma.na.a.mo.o.do ni

se.t.te.e no u.e tsu.u.wa wa go e.n.ryo ku.da.sa.i

搭車時，請設為震動模式，並且不要講電話。

7 優先席(ゆうせんせき)の付近(ふきん)では、携帯電話(けいたいでんわ)の電源(でんげん)をお切(き)りください。

yu.u.se.n.se.ki no fu.ki.n de wa ke.e.ta.i.de.n.wa no

de.n.ge.n o o ki.ri ku.da.sa.i

在博愛座的附近，請將行動電話的電源關掉。

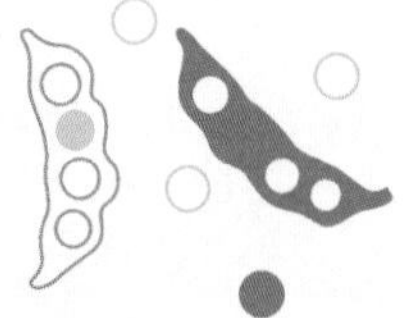

8 私(わたし)の携帯(けいたい)は、知(し)らない人(ひと)からのメールを受信(じゅしん)しません。

wa.ta.shi no ke.e.ta.i wa shi.ra.na.i hi.to ka.ra no me.e.ru o ju.shi.n.shi.ma.se.n

我的行動電話，不接收陌生人傳來的簡訊。

套進去說說看

拒否(きょひ)します

kyo.hi.shi.ma.su

拒收

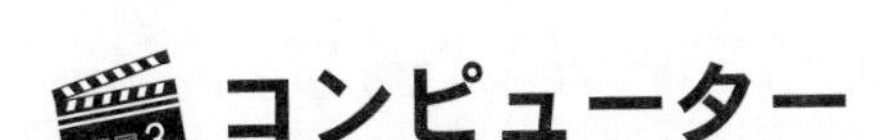

コンピューター

ko.n.pyu.u.ta.a

電腦

1 固（かた）まっちゃいました。

ka.ta.ma.c.cha.i.ma.shi.ta

當機了。

2 データが飛（と）んじゃいました。

de.e.ta ga to.n.ja.i.ma.shi.ta

資料不見了。

3 ウイルスでデータがすべて消（き）えてしまいました。

u.i.ru.su de de.e.ta ga su.be.te ki.e.te shi.ma.i.ma.shi.ta

因為病毒，資料完全不見了。

4 バックアップしてないんですか？

ba.k.ku.a.p.pu.shi.te na.i n de.su ka

沒備份嗎？

---

5 ウイルス対策(たいさく)ソフトを入(い)れないと怖(こわ)いですよ。

u.i.ru.su ta.i.sa.ku so.fu.to o i.re.na.i to ko.wa.i de.su yo

不裝防毒軟體是很可怕的喔。

---

6 定期的(ていきてき)にウイルスをチェックしていますか？

te.e.ki.te.ki ni u.i.ru.su o che.k.ku.shi.te i.ma.su ka

有定期檢查病毒嗎？

---

7 最新型(さいしんがた)のノートパソコンを買(か)いました。

sa.i.shi.n.ga.ta no no.o.to pa.so.ko.n o ka.i.ma.shi.ta

我買了最新型的筆記型電腦。

套進去說說看

デスクトップ	モバイル
de.su.ku.to.p.pu	mo.ba.i.ru
桌上型	移動型

8 これはウインドウズの最新(さいしん)バージョンです。

ko.re wa u.i.n.do.o.zu no sa.i.shi.n ba.a.jo.n de.su

這是Windows的最新版本。

套進去說說看

マック
ma.k.ku
Mac

オフィス
o.fi.su
Office

パワーポイント
pa.wa.a.po.i.n.to
Power Point

9 インターネットの使(つか)い方(かた)を教(おし)えてください。

i.n.ta.a.ne.t.to no tsu.ka.i.ka.ta o o.shi.e.te ku.da.sa.i

請教我網際網路的使用方法。

套進去說說看

ワード
wa.a.do
Word

アウトルック
a.u.to.ru.k.ku
Outlook

エクセル
e.ku.se.ru
Excel

10 おすすめのプロバイダーはありますか？

o su.su.me no pu.ro.ba.i.da.a wa a.ri.ma.su ka

有推薦的網路服務供應商嗎？

11 ネットでフリーソフトをダウンロードすることができます。

ne.t.to de fu.ri.i so.fu.to o
da.u.n.ro.o.do.su.ru ko.to ga de.ki.ma.su

在網路可下載免費的軟體。

⑫ 私(わたし)もブログをやっています。

wa.ta.shi mo bu.ro.gu o ya.t.te i.ma.su

我也在經營部落格。

套進去說說看

フェースブック
fe.e.su.bu.k.ku
臉書

ツイッター
tsu.i.t.ta.a
推特

プラーク
pu.ra.a.ku
噗浪

⑬ 暇(ひま)な時(とき)、見(み)てみてくださいね。

hi.ma.na to.ki mi.te mi.te ku.da.sa.i ne

有空時，請看看喔。

場景4 メール

me.e.ru

電子郵件

MP3 63

1 メールアドレスが間違（まちが）っているみたいですよ。

me.e.ru a.do.re.su ga ma.chi.ga.t.te i.ru mi.ta.i de.su yo

電子郵件位址好像弄錯了喔。

---

2 メールの内容（ないよう）が文字化（もじば）けしています。

me.e.ru no na.i.yo.o ga mo.ji.ba.ke.shi.te i.ma.su

郵件的內容呈現亂碼。

---

3 添付（てんぷ）ファイルで送（おく）ってください。

te.n.pu fa.i.ru de o.ku.t.te ku.da.sa.i

請用附加檔案方式送來。

4 ファイルが開（ひら）けないんですが……。

fa.i.ru ga hi.ra.ke.na.i n de.su ga

檔案打不開……。

5 うっかりファイルを削除（さくじょ）してしまいました。

u.k.ka.ri fa.i.ru o sa.ku.jo.shi.te shi.ma.i.ma.shi.ta

不小心把檔案給刪了。

6 開封確認（かいふうかくにん）をリクエストして送信（そうしん）ください。

ka.i.fu.u.ka.ku.ni.n o ri.ku.e.su.to.shi.te

so.o.shi.n ku.da.sa.i

請勾選讀取回條寄回。

7 最近(さいきん)迷惑(めいわく)メールが増(ふ)えて、本当(ほんとう)にうっとうしいです。

sa.i.ki.n me.e.wa.ku me.e.ru ga fu.e.te ho.n.to.o ni u.t.to.o.shi.i de.su

最近垃圾郵件增加，真的很討厭。

套進去說說看

詐欺(さぎ)	広告(こうこく)
sa.gi	ko.o.ko.ku
詐欺	廣告

---

8 すみません、返信(へんしん)するのを忘(わす)れました。

su.mi.ma.se.n he.n.shi.n.su.ru no o wa.su.re.ma.shi.ta

對不起，我忘了回信。

郵便（ゆうびん）

MP3 64

yu.u.bi.n

郵寄

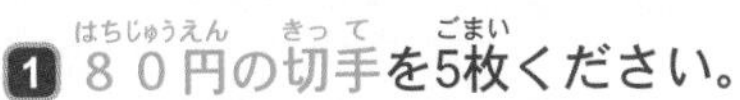

1 80円（はちじゅうえん）の切手（きって）を5枚（ごまい）ください。

ha.chi.ju.u.e.n no ki.t.te o go.ma.i ku.da.sa.i

請給我五張八十日圓的郵票。

套進去說說看

記念切手（きねんきって） ki.ne.n ki.t.te 紀念郵票	はがき ha.ga.ki 明信片
往復（おうふく）はがき o.o.fu.ku ha.ga.ki 往返明信片 （有回函的明信片）	航空書簡（こうくうしょかん） ko.o.ku.u sho.ka.n 航空郵簡

2 普通郵便（ふつうゆうびん）だといくらですか？

fu.tsu.u yu.u.bi.n da to i.ku.ra de.su ka

普通郵件的話多少錢呢？

套進去說說看

船便（ふなびん）
fu.na.bi.n
海運郵件

航空便（こうくうびん）
ko.o.ku.u.bi.n
航空郵件

速達（そくたつ）
so.ku.ta.tsu
限時

3 書留（かきとめ）で送（おく）りたいんですが……。

ka.ki.to.me de o.ku.ri.ta.i n de.su ga

我想用掛號寄……。

4 台湾（たいわん）まで何日（なんにち）ぐらいかかりますか？

ta.i.wa.n ma.de na.n.ni.chi gu.ra.i ka.ka.ri.ma.su ka

到台灣大約需要幾天呢？

5 なるべく早(はや)い方法(ほうほう)でお願(ねが)いします。

na.ru.be.ku ha.ya.i ho.o.ho.o de o ne.ga.i shi.ma.su

麻煩你盡可能以快速的方法。

6 この欄(らん)に、英語(えいご)で内容物(ないようぶつ)を書(か)いてください。

ko.no ra.n ni e.e.go de na.i.yo.o.bu.tsu o ka.i.te ku.da.sa.i

請用英文在這個欄位裡寫下內容物品。

宅配便（たくはいびん）

ta.ku.ha.i.bi.n

宅急便

1 宅配便（たくはいびん）で荷物（にもつ）を送（おく）りました。

ta.ku.ha.i.bi.n de ni.mo.tsu o o.ku.ri.ma.shi.ta

我用宅急便送出行李了。

2 自宅（じたく）まで集荷（しゅうか）に来（き）てもらえますか？

ji.ta.ku ma.de shu.u.ka ni ki.te mo.ra.e.ma.su ka

能到我家收件嗎？

3 中（なか）は割（わ）れ物（もの）です。

na.ka wa wa.re.mo.no de.su

裡面是易碎品。

套進去說說看

冷凍品（れいとうひん）
re.e.to.o.hi.n
冷凍品

冷蔵品（れいぞうひん）
re.e.zo.o.hi.n
冷藏品

しょるい
書類
sho.ru.i
文件

4 ご希望(きぼう)のお届(とど)け時間(じかん)はありますか？

go ki.bo.o no o to.do.ke ji.ka.n wa a.ri.ma.su ka

有希望的送達時間嗎？

5 代金着払い(だいきんちゃくばら)でお願(ねが)いします。

da.i.ki.n cha.ku.ba.ra.i de o ne.ga.i shi.ma.su

麻煩用貨到付款。

套進去說說看

さきばら
先払い
sa.ki.ba.ra.i
先付款

6 荷物(にもつ)を受(う)け取(と)り損(そこ)ねました。

ni.mo.tsu o u.ke.to.ri.so.ko.ne.ma.shi.ta

我錯過收取行李了。

7 再配達(さいはいたつ)をお願(ねが)いします。

sa.i.ha.i.ta.tsu o o ne.ga.i shi.ma.su

麻煩再送一次。

實戰會話1

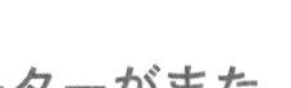

A：あー、コンピューターがまた
おかしくなっちゃった。

a.a ko.n.pyu.u.ta.a ga ma.ta
o.ka.shi.ku na.c.cha.t.ta

啊～，電腦又變得怪怪的了。

B：ウイルスじゃない？

u.i.ru.su ja na.i

該不會是病毒吧？

A：ウイルス対策(たいさく)ソフトを入(い)れてるん
だけどなぁ。

u.i.ru.su ta.i.sa.ku so.fu.to o i.re.te ru n
da.ke.do na.a

可是有裝防毒軟體啊……。

B：定期的(ていきてき)にチェックしてる？

te.e.ki.te.ki ni che.k.ku.shi.te ru

有定期檢查嗎？

A：そういえば暫(しばら)くチェックしてないなぁ。

so.o i.e.ba shi.ba.ra.ku che.k.ku.shi.te na.i na.a

這麼說來，有好一陣子沒檢查了呢。

B：ちゃんとチェックしないと。
それに定期的(ていきてき)に不要(ふよう)なファイルを
削除(さくじょ)すれば、スピードだって
上(あ)がるんだから。

cha.n.to che.k.ku.shi.na.i to
so.re.ni te.e.ki.te.ki ni fu.yo.o.na fa.i.ru o
sa.ku.jo.su.re.ba su.pi.i.do da t.te
a.ga.ru n da.ka.ra

不確實檢查不行。還有，定期把不要的檔案刪掉，速度也會加快呢。

實戰會話2

A：台湾(たいわん)への小包(こづつみ)ですが、一番(いちばん)早(はや)いので何日(なんにち)ぐらいかかりますか？

ta.i.wa.n e no ko.zu.tsu.mi de.su ga i.chi.ba.n ha.ya.i no.de na.n.ni.chi gu.ra.i ka.ka.ri.ma.su ka

寄往台灣的包裹，最快的大概要花多少天呢？

B：ＥＭＳ(イーエムエス)だとだいたい2日(ふつか)ですね。

i.i.e.mu.e.su da to da.i.ta.i fu.tsu.ka de.su ne

國際快捷的話大概二天喔。

A：普通航空便(ふつうこうくうびん)との差額(さがく)はどのぐらいですか？

fu.tsu.u ko.o.ku.u.bi.n to no sa.ga.ku wa do.no gu.ra.i de.su ka

和普通航空郵件的差額大概是多少呢？

B：1(いち)キロだと350円(さんびゃくごじゅうえん)です。

i.chi ki.ro da to sa.n.bya.ku.go.ju.u e.n de.su

一公斤的話是三百五十日圓。

A：それならＥＭＳでお願いします。

so.re.na.ra i.i.e.mu.e.su de o ne.ga.i shi.ma.su

那樣的話，麻煩用國際快捷。

B：この欄に、内容物を現地の言葉で書いてください。

ko.no ra.n ni na.i.yo.o.bu.tsu o ge.n.chi no ko.to.ba de ka.i.te ku.da.sa.i

請在這欄位裡，用當地的語言寫下內容物品。

IX・旅遊與興趣

場景1・報名

場景2・飯店的預約

場景3・變更・取消

場景4・飯店裡

場景5・觀光

場景6・攝影

場景7・電影

場景8・運動

場景9・音樂

暖身一下！

如何安排一個盡興的日本旅程

日本四季分明，孕育出豐富多變的自然景觀與風土文化，春天櫻花的燦爛奪目，初夏繡球花給人的涼意，秋季浪漫的楓紅與銀杏的鮮黃，冬季靄靄的白雪和刺骨寒風，只要置身其中，就能馬上感受到當下濃厚的季節氛圍。也因為氣候的分明，每個季節都有令人垂涎欲滴的「旬の味」（< shu.n no a.ji >；當令美味），來大飽口福。春天的油菜花、竹筍、山菜，夏天的毛豆、香魚、蠑螺，食欲之秋的鮭魚卵、栗子、松茸、銀杏，以及冬天的海鮮（為了過冬，這時候的海產特別肥美，例如著名的「寒鰤」、「寒比目魚」、「寒蜆」），都是日本四季盛產的美味食材。想擁有一趟盡興的旅程，季節景緻與時令美食，當然也要列入考量囉！

日本雖是購物者血拼的天堂，但極力維護之下的自然文化景觀與遺產，也值得專程造訪，來一趟知性的日本自然文化遺產之旅，不僅可以沉澱血拼的殺氣，相信也能讓您更深入日本，更了解日本。

要去哪玩？喜歡大自然的朋友，不妨參考日本的世界自然遺產，例如鹿兒島縣的屋久島、青森與秋田縣白神山地、北海道的知床、東京都的小笠原諸島，特異的生態系與自然景觀，著實令人嘆為觀止。至於對日本文化有興趣的朋友，日本的世界文化遺產，更不宜錯過。例如京都、奈良、日光的神社寺院，沖繩縣琉球王國城跡，兵庫縣的姬路城，岐阜、富山縣白川鄉、五箇山的合掌造聚落，島根縣的石見銀山遺跡與文化景觀，廣島縣的嚴島神社、原爆紀念館，以及和歌山、奈良與三重縣紀伊山地的靈場與參拜道、岩手縣的平泉、山梨縣與靜岡縣的富士山、群馬縣的富岡製絲場及產業遺產群等文化遺產，都值得大家去細細品味。

此外，若想擁有一個輕鬆的旅程，建議最好避開日本的大型連休，例如一月一日前後的年假、四月二十九日起到五月五日的「ゴールデンウィーク」（< go.o.ru.de.n wi.i.ku >；黃

金週休）、八月十三到十六日的「お盆」（< o bo.n >；中元節），以及九月底的「シルバーウィーク」（< shi.ru.ba.a wi.i.ku >；白銀週休）。因為在這些期間，各地的商業設施或觀光勝地，總是會被休假的人潮擠得水洩不通，機位、車票、住宿設施不僅難訂，也會比平時貴很多。

　　有計畫前往日本一遊的讀者，不妨參考看看，在此祝您一路順風，旅途愉快！

申し込み（もうこ）

MP3 66

mo.o.shi.ko.mi

報名

1 秋（あき）の連休（れんきゅう）に海外旅行（かいがいりょこう）を考（かんが）えています。

a.ki no re.n.kyu.u ni ka.i.ga.i ryo.ko.o o ka.n.ga.e.te i.ma.su

正考慮在秋天的連休出國旅行。

套進去說說看

国内（こくない） ko.ku.na.i 國內	温泉（おんせん） o.n.se.n 溫泉
家族（かぞく） ka.zo.ku 家族	個人（こじん） ko.ji.n 個人
社員（しゃいん） sha.i.n 員工	自転車（じてんしゃ） ji.te.n.sha 自行車

2 思(おも)い切(き)ってショッピングしたい。

o.mo.i.ki.t.te sho.p.pi.n.gu.shi.ta.i

想盡情地購物。

套進去說說看

のんびり no.n.bi.ri 放鬆	観光(かんこう) ka.n.ko.o 觀光
グルメめぐり gu.ru.me me.gu.ri 到處吃美食	温泉(おんせん)めぐり o.n.se.n me.gu.ri 到處泡溫泉

3 円高(えんだか)で海外旅行(かいがいりょこう)がチャンスです。

e.n.da.ka de ka.i.ga.i ryo.ko.o ga cha.n.su de.su

日幣升值，出國旅行是最佳時機。

4 韓国（かんこく）ツアーを申（もう）し込（こ）みたいです。

ka.n.ko.ku tsu.a.a o mo.o.shi.ko.mi.ta.i de.su

我想報名韓國旅遊。

套進去說說看

グアム gu.a.mu 關島	サイパン sa.i.pa.n 塞班島
タイ ta.i 泰國	マカオ ma.ka.o 澳門
香港（ホンコン） ho.n.ko.n 香港	カンボジア ka.n.bo.ji.a 柬埔寨
ハワイ ha.wa.i 夏威夷	カナダ ka.na.da 加拿大
イギリス i.gi.ri.su 英國	フランス fu.ra.n.su 法國
オーストリア o.o.su.to.ri.a 奧地利	オーストラリア o.o.su.to.ra.ri.a 澳洲

5 ツアー料金(りょうきん)に食事(しょくじ)は含(ふく)まれていますか？

tsu.a.a ryo.o.ki.n ni sho.ku.ji wa fu.ku.ma.re.te i.ma.su ka

旅費包括用餐嗎？

套進去說說看

入場料(にゅうじょうりょう) nyu.u.jo.o.ryo.o 入場費	保険料(ほけんりょう) ho.ke.n.ryo.o 保險費
サービス料(りょう) sa.a.bi.su.ryo.o 服務費	チップ chi.p.pu 小費
消費税(しょうひぜい) sho.o.hi.ze.e 消費稅	ガイド料(りょう) ga.i.do.ryo.o 導遊費

6 どの時点(じてん)からキャンセル料(りょう)が発生(はっせい)しますか？

do.no ji.te.n ka.ra kya.n.se.ru.ryo.o ga ha.s.se.e.shi.ma.su ka

從什麼時候開始，會產生取消費用呢？

7 当日（とうじつ）のキャンセルには、全額（ぜんがく）が課（か）されます。

to.o.ji.tsu no kya.n.se.ru ni wa ze.n.ga.ku ga

ka.sa.re.ma.su

對於當天的取消，須付全額。

ホテルの予約(よやく)

MP3 67

ho.te.ru no yo.ya.ku

飯店的預約

1 予約係(よやくがかり)をお願(ねが)いします。

yo.ya.ku.ga.ka.ri o o ne.ga.i shi.ma.su

麻煩接訂房部。

---

2 12月3日(じゅうにがつみっか)からの3泊(さんぱく)で予約(よやく)したいんですが……。

ju.u.ni.ga.tsu mi.k.ka ka.ra no sa.n.pa.ku de yo.ya.ku.shi.ta.i n de.su ga

我想預約十二月三日開始的三個晚上……。

3 シングルの部屋(へや)は空(あ)いていますか？

shi.n.gu.ru no he.ya wa a.i.te i.ma.su ka

單人的房間有空嗎？

套進去說說看

ダブル
da.bu.ru
雙人床

ツイン
tsu.i.n
二張床

トリプル
to.ri.pu.ru
三張床

4 眺(なが)めのいい部屋(へや)をお願(ねが)いします。

na.ga.me no i.i he.ya o o ne.ga.i shi.ma.su

麻煩給我景觀好的房間。

套進去說說看

海側(うみがわ)の
u.mi.ga.wa no
靠海的

静(しず)かな
shi.zu.ka.na
安靜的

露天風呂付(ろてんぶろつ)きの
ro.te.n.bu.ro tsu.ki no
附露天浴池的

5 宿泊料金はいくらですか？

shu.ku.ha.ku ryo.o.ki.n wa i.ku.ra de.su ka

住宿費用是多少錢呢？

6 1泊8000円で、税金とサービス料を別途いただいております。

i.p.pa.ku ha.s.se.n.e.n de ze.e.ki.n to sa.a.bi.su.ryo.o o be.t.to i.ta.da.i.te o.ri.ma.su

一晚八千日圓，另收稅金和服務費。

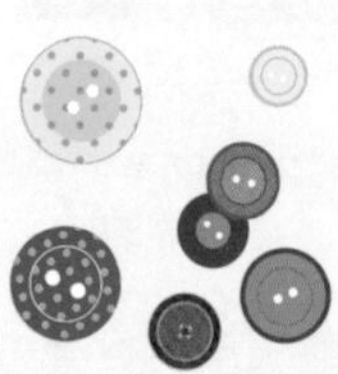

変更（へんこう）・キャンセル

MP3 68

he.n.ko.o kya.n.se.ru

變更・取消

1 7月（しちがつ）20日（はつか）の予約（よやく）を

キャンセルしたいんですが……。

shi.chi.ga.tsu ha.tsu.ka no yo.ya.ku o

kya.n.se.ru.shi.ta.i n de.su ga

我想取消七月二十日的預約……。

2 キャンセルの場合（ばあい）、予約金（よやくきん）の

払（はら）い戻（もど）しはできますか？

kya.n.se.ru no ba.a.i yo.ya.ku.ki.n no

ha.ra.i.mo.do.shi wa de.ki.ma.su ka

取消時，可以退還訂金嗎？

3 変更（へんこう）の場合（ばあい）、手数料（てすうりょう）はかかりますか？

he.n.ko.o no ba.a.i te.su.u.ryo.o wa ka.ka.ri.ma.su ka

變更時，需要手續費嗎？

4 7月7日の予約を
8月10日に変更したいんですが……。

shi.chi.ga.tsu na.no.ka no yo.ya.ku o

ha.chi.ga.tsu to.o.ka ni he.n.ko.o.shi.ta.i n de.su ga

我想把七月七日的預約，改成八月十日……。

5 大変申し訳ございません、10日は
満室でございます。

ta.i.he.n mo.o.shi.wa.ke go.za.i.ma.se.n to.o.ka wa

ma.n.shi.tsu de go.za.i.ma.su

非常抱歉，十日全部客滿。

6 11日なら、ご用意できますが……。

ju.u.i.chi.ni.chi na.ra go yo.o.i de.ki.ma.su ga

十一日的話，可為您準備……。

7 よろしければ、他(ほか)のホテルをご紹介(しょうかい)いたします。

yo.ro.shi.ke.re.ba ho.ka no ho.te.ru o

go sho.o.ka.i i.ta.shi.ma.su

不介意的話，我們可以介紹其他的飯店。

套進去說說看

旅館(りょかん) ryo.ka.n 旅館	民宿(みんしゅく) mi.n.shu.ku 民宿
モーテル mo.o.te.ru 汽車旅館	

場景4 ホテルの中(なか)

ho.te.ru no na.ka

MP3 69

飯店裡

1 電話(でんわ)で予約(よやく)した林(りん)です。

de.n.wa de yo.ya.ku.shi.ta ri.n de.su

我有電話預約，姓林。

2 チェックインをお願(ねが)いします。

che.k.ku i.n o o ne.ga.i shi.ma.su

麻煩辦理進房手續。

套進去說說看

チェックアウト
che.k.ku a.u.to
退房手續

ルームサービス
ru.u.mu sa.a.bi.su
客房送餐服務

モーニングコール
mo.o.ni.n.gu ko.o.ru
Morning call

3 荷物(にもつ)を部屋(へや)までお願(ねが)いできますか？

ni.mo.tsu o he.ya ma.de o ne.ga.i de.ki.ma.su ka

能麻煩你把行李送到房間嗎？

4 毛布(もうふ)をもう1枚(いちまい)持(も)って来(き)てもらえますか？

mo.o.fu o mo.o i.chi.ma.i mo.t.te ki.te mo.ra.e.ma.su ka

能不能幫我再拿一條毛毯過來呢？

套進去說說看

バスタオル ba.su.ta.o.ru 浴巾	布団(ふとん) fu.to.n 棉被
枕(まくら)カバー ma.ku.ra ka.ba.a （個）枕頭套	浴衣(ゆかた) yu.ka.ta （件）浴衣

5 エステサロンは予約(よやく)する必要(ひつよう)がありますか？

e.su.te.sa.ro.n wa yo.ya.ku.su.ru hi.tsu.yo.o ga a.ri.ma.su ka

美膚沙龍必須要預約嗎？

套進去說說看

マッサージ
ma.s.sa.a.ji
按摩

食事(しょくじ)
sho.ku.ji
用餐

カラオケ
ka.ra.o.ke
卡拉OK

6 プールは無料(むりょう)で利用(りよう)できますか？

pu.u.ru wa mu.ryo.o de ri.yo.o de.ki.ma.su ka

游泳池可以免費使用嗎？

7 レストランのビュッフェは何時(なんじ)から何時(なんじ)までですか？

re.su.to.ra.n no byu.f.fe wa na.n.ji ka.ra na.n.ji ma.de de.su ka

餐廳的自助餐是從幾點到幾點呢？

8 非常口（ひじょうぐち）はどこですか？

hi.jo.o.gu.chi wa do.ko de.su ka

緊急出口在哪裡呢？

套進去說說看

食堂（しょくどう） sho.ku.do.o 食堂	両替所（りょうがえじょ） ryo.o.ga.e.jo 外幣兌換處
ラウンジバー ra.u.n.ji.ba.a 酒吧	お風呂（ふろ） o fu.ro 澡堂

9 貴重品（きちょうひん）を預（あず）けたいんですが……。

ki.cho.o.hi.n o a.zu.ke.ta.i n de.su ga

我想寄放貴重物品……。

10 部屋（へや）にキーを置（お）き忘（わす）れました。

he.ya ni ki.i o o.ki.wa.su.re.ma.shi.ta

我把鑰匙忘在房裡了。

⑪ エアコンが効(き)きません。

e.a.ko.n ga ki.ki.ma.se.n

空調不能用。

⑫ 電気(でんき)がつきません。

de.n.ki ga tsu.ki.ma.se.n

電燈不亮。

⑬ トイレが詰(つ)まっちゃったみたいなんです。

to.i.re ga tsu.ma.c.cha.t.ta mi.ta.i.na n de.su

廁所好像不通。

⑭ 誰(だれ)かよこしてもらえますか？

da.re ka yo.ko.shi.te mo.ra.e.ma.su ka

能幫我派誰過來嗎？

⑮ 部屋(へや)を替(か)えていただけませんか？

he.ya o ka.e.te i.ta.da.ke.ma.se.n ka

可以幫我換房間嗎？

16 これは何(なん)の料金(りょうきん)ですか？

ko.re wa na.n no ryo.o.ki.n de.su ka

這是什麼的費用呢？

17 精算書(せいさんしょ)が間違(まちが)っているようです。

se.e.sa.n.sho ga ma.chi.ga.t.te i.ru yo.o de.su

帳單好像錯了。

18 夕方(ゆうがた)まで荷物(にもつ)を預(あず)かって もらえますか？

yu.u.ga.ta ma.de ni.mo.tsu o a.zu.ka.t.te mo.ra.e.ma.su ka

能替我保管行李到黃昏嗎？

19 部屋(へや)に忘(わす)れ物(もの)をしちゃったんですが……。

he.ya ni wa.su.re.mo.no o shi.cha.t.ta n de.su ga

我有東西忘在房裡了……。

20 ハイヤーを呼(よ)んでいただけますか？

ha.i.ya.a o yo.n.de i.ta.da.ke.ma.su ka

能替我叫附司機的出租汽車嗎？

観光（かんこう）

MP3 70

ka.n.ko.o

觀光

1 集合時間は何時ですか？

（しゅうごうじかん、なんじ）

shu.u.go.o ji.ka.n wa na.n.ji de.su ka

集合時間是幾點呢？

套進去說說看

到着（とうちゃく） to.o.cha.ku 抵達	出発（しゅっぱつ） shu.p.pa.tsu 出發
開演（かいえん） ka.i.e.n 開演	解散（かいさん） ka.i.sa.n 解散

2 この辺に観光案内所はありますか？

（へん、かんこうあんないじょ）

ko.no he.n ni ka.n.ko.o a.n.na.i.jo wa a.ri.ma.su ka

這附近有旅客服務中心嗎？

3 この辺(へん)の見所(みどころ)はどこですか？

ko.no he.n no mi.do.ko.ro wa do.ko de.su ka

這邊值得看的地方是哪裡呢？

4 写真(しゃしん)を撮(と)ってもらえますか？

sha.shi.n o to.t.te mo.ra.e.ma.su ka

能幫我們照相嗎？

5 ここで写真(しゃしん)を撮(と)ってもいいですか？

ko.ko de sha.shi.n o to.t.te mo i.i de.su ka

可不可以在這裡照相呢？

6 ここは撮影禁止(さつえいきんし)になっています。

ko.ko wa sa.tsu.e.e ki.n.shi ni na.t.te i.ma.su

這裡禁止攝影。

套進去說說看

立入禁止(たちいりきんし)
ta.chi.i.ri ki.n.shi
禁止進入

飲食禁止(いんしょくきんし)
i.n.sho.ku ki.n.shi
禁止飲食

禁煙(きんえん)
ki.n.e.n
禁止抽菸

撮影(さつえい)

MP3 71

sa.tsu.e.e

攝影

1 1000万画素(いっせんまんがそ)のデジカメを買(か)いました。

i.s.se.n.ma.n ga.so no de.ji.ka.me o ka.i.ma.shi.ta

我買了一千萬畫素的數位相機。

---

2 手(て)ブレ防止機能(ぼうしきのう)が付(つ)いていますか？

te.bu.re bo.o.shi ki.no.o ga tsu.i.te i.ma.su ka

有附防手震的功能嗎？

套進去說說看

高速起動(こうそくきどう)
ko.o.so.ku ki.do.o
快速啟動

光学(こうがく)ズーム
ko.o.ga.ku zu.u.mu
光學變焦

広角(こうかく)
ko.o.ka.ku
廣角

3 夜景（やけい）モードに切（き）り替（か）えたほうがいいですよ。

ya.ke.e mo.o.do ni ki.ri.ka.e.ta ho.o ga i.i de.su yo

切換成夜景模式比較好喔。

套進去說說看

景色（けしき） ke.shi.ki 景色	人物（じんぶつ） ji.n.bu.tsu 人像
逆光（ぎゃっこう） gya.k.ko.o 逆光	スポーツ su.po.o.tsu 運動
室内（しつない） shi.tsu.na.i 室內	オート o.o.to 自動

4 予備（よび）の電池（でんち）はありますか？

yo.bi no de.n.chi wa a.ri.ma.su ka

有預備的電池嗎？

套進去說說看

バッテリー ba.t.te.ri.i 蓄電池	フィルム fi.ru.mu 底片

メモリーカード
me.mo.ri.i ka.a.do
記憶卡

---

5 旅行の写真はまだ現像に出していません。

ryo.ko.o no sha.shi.n wa ma.da ge.n.zo.o ni da.shi.te i.ma.se.n

旅行的相片還沒拿去沖洗。

---

6 私の分もついでに焼き増ししてくれますか？

wa.ta.shi no bu.n mo tsu.i.de.ni ya.ki.ma.shi.shi.te ku.re.ma.su ka

我的份也順便幫我加洗好嗎？

---

7 この間の温泉旅行の写真を見ますか？

ko.no a.i.da no o.n.se.n ryo.ko.o no sha.shi.n o mi.ma.su ka

要不要看前幾天溫泉旅行的相片呢？

映画(えいが)

MP3 72

e.e.ga

電影

❶ どんな映画(えいが)が好(す)きですか？

do.n.na e.e.ga ga su.ki de.su ka

你喜歡哪種電影呢？

---

❷ アクション映画(えいが)をよく見(み)ます。

a.ku.sho.n e.e.ga o yo.ku mi.ma.su

我常看動作片。

套進去說說看

コメディー ko.me.di.i 喜劇	ホラー ho.ra.a 恐怖
ＳＦ(エスエフ) e.su.e.fu 科幻	サスペンス sa.su.pe.n.su 懸疑

ファンタジー
fa.n.ta.ji.i
奇幻

パニック
pa.ni.k.ku
災難

恋愛（れんあい）
re.n.a.i
戀愛

戦争（せんそう）
se.n.so.o
戰爭

探偵（たんてい）
ta.n.te.e
偵探

---

3 好（す）きな俳優（はいゆう）はいますか？

su.ki.na ha.i.yu.u wa i.ma.su ka

有喜歡的演員嗎？

套進去說說看

アイドル
a.i.do.ru
偶像

芸能人（げいのうじん）
ge.e.no.o.ji.n
藝人

監督（かんとく）
ka.n.to.ku
導演

4 主役(しゅやく)の演技(えんぎ)はとても素晴(すば)らしかったです。

shu.ya.ku no e.n.gi wa to.te.mo su.ba.ra.shi.ka.t.ta de.su

主角的演技非常精湛。

套進去說說看

脇役(わきやく)
wa.ki.ya.ku
配角

子役(こやく)
ko.ya.ku
兒童角色

悪役(あくやく)
a.ku.ya.ku
反派角色

---

5 あの映画(えいが)は期待外(きたいはず)れでした。

a.no e.e.ga wa ki.ta.i ha.zu.re de.shi.ta

那部電影很令人失望。

運動（うんどう）

MP3 73

u.n.do.o

運動

1 私（わたし）は毎日運動（まいにちうんどう）しています。

wa.ta.shi wa ma.i.ni.chi u.n.do.o.shi.te i.ma.su

我每天運動。

2 ゴルフをよくします。

go.ru.fu o yo.ku shi.ma.su

我常打高爾夫球。

套進去說說看

テニス te.ni.su 網球	スカッシュ su.ka.s.shu 壁球
ビリヤード bi.ri.ya.a.do 撞球	ボーリング bo.o.ri.n.gu 保齡球

水球(すいきゅう) su.i.kyu.u 水球	野球(やきゅう) ya.kyu.u 棒球
バスケットボール ba.su.ke.t.to.bo.o.ru 籃球	バドミントン ba.do.mi.n.to.n 羽毛球
バレーボール ba.re.e.bo.o.ru 排球	

3 最近(さいきん)、筋(きん)トレがブームになっているそうです。

sa.i.ki.n ki.n to.re ga bu.u.mu ni na.t.te i.ru so.o de.su

最近，肌肉訓練聽說成了熱潮。

套進去說說看

ヨガ yo.ga 瑜珈	ジョギング jo.gi.n.gu 慢跑
ウォーキング wo.o.ki.n.gu 健走	サイクリング sa.i.ku.ri.n.gu 自行車運動

マラソン	フラフープ
ma.ra.so.n	fu.ra.fu.u.pu
馬拉松	呼拉圈

4 私(わたし)は運動神経(うんどうしんけい)が鈍(にぶ)いです。

wa.ta.shi wa u.n.do.o shi.n.ke.e ga ni.bu.i de.su

我的運動神經很遲鈍。

套進去說說看

いい	悪(わる)い
i.i	wa.ru.i
好	差

ない
na.i
沒有

5 スキーは1度(いちど)もしたことがありません。

su.ki.i wa i.chi.do mo shi.ta ko.to ga a.ri.ma.se.n

我從未滑雪過。

套進去說說看

エアロビクス
e.a.ro.bi.ku.su
跳有氧舞蹈

サーフィン
sa.a.fi.n
衝浪

ダイビング
da.i.bi.n.gu
潛水

6 機会(きかい)があれば、やってみたいです。

ki.ka.i ga a.re.ba ya.t.te mi.ta.i de.su

有機會的話，很想試試看。

音楽（おんがく）

o.n.ga.ku

音樂

MP3 74

1 ポップスを聴（き）くのが好（す）きです。

po.p.pu.su o ki.ku no ga su.ki de.su

我喜歡聽流行歌曲。

套進去說說看

クラシック ku.ra.shi.k.ku 古典樂	ロック ro.k.ku 搖滾樂
ソウル so.o.ru 靈魂音樂	民謡（みんよう） mi.n.yo.o 民謠
ジャズ ja.zu 爵士	聖歌（せいか） se.e.ka 聖歌
サンバ sa.n.ba 森巴	オペラ o.pe.ra 歌劇

ヒーリング
ミュージック
hi.i.ri.n.gu
myu.u.ji.k.ku
療癒系音樂

2 今(いま)はレゲエに夢中(むちゅう)です。

i.ma wa re.ge.e ni mu.chu.u de.su

目前我對雷鬼很熱中。

3 テンポの速(はや)い曲(きょく)より、スローテンポのほうがいいです。

te.n.po no ha.ya.i kyo.ku yo.ri su.ro.o te.n.po no ho.o ga i.i de.su

比起快節奏的樂曲，我喜歡慢節奏的。

4 男性(だんせい)歌手(かしゅ)で誰(だれ)が好(す)きですか？

da.n.se.e ka.shu de da.re ga su.ki de.su ka

在男性歌手中，（你）喜歡誰呢？

套進去說說看

女性(じょせい)

jo.se.e

女性

5 私(わたし)は嵐(あらし)のファンです。

wa.ta.shi wa a.ra.shi no fa.n de.su

我是嵐的歌迷。

6 コンサートには毎回(まいかい)行(い)きます。

ko.n.sa.a.to ni wa ma.i.ka.i i.ki.ma.su

演唱會每次都會去。

7 何(なに)か楽器(がっき)をやっていますか？

na.ni ka ga.k.ki o ya.t.te i.ma.su ka

有在玩什麼樂器嗎？

8 ピアノが少(すこ)し弾(ひ)けます。

pi.a.no ga su.ko.shi hi.ke.ma.su

會（彈）點鋼琴。

套進去說說看

ギター	バイオリン
gi.ta.a	ba.i.o.ri.n
吉他	（拉）小提琴
チェロ	オルガン
che.ro	o.ru.ga.n
（拉）大提琴	風琴

---

9 昔(むかし)、フルートを習(なら)ったことがあります。

mu.ka.shi fu.ru.u.to o na.ra.t.ta ko.to ga a.ri.ma.su

以前學過長笛。

套進去說說看

三味線(しゃみせん)	ハーモニカ
sha.mi.se.n	ha.a.mo.ni.ka
三味線	口琴

電子(でんし)ピアノ de.n.shi pi.a.no 電子琴	トランペット to.ra.n.pe.t.to 小號
オカリナ o.ka.ri.na 陶笛	二胡(にこ) ni.ko 二胡
古筝(こそう) ko.so.o 古箏	琴(こと) ko.to 古琴

10 時間(じかん)があると、よくカラオケへ行(い)きます。

ji.ka.n ga a.ru to yo.ku ka.ra.o.ke e i.ki.ma.su

有時間的話，我常去卡拉OK。

⑪ よく演歌(えんか)を歌(うた)います。

yo.ku e.n.ka o u.ta.i.ma.su

我常唱演歌。

套進去說說看

アニメ主題歌(しゅだいか)
a.ni.me shu.da.i.ka
卡通主題曲

ラブソング
ra.bu so.n.gu
情歌

デュエット
dyu.e.t.to
情侶對唱

⑫ 私(わたし)の十八番(おはこ)は中島美嘉(なかしまみか)の「雪(ゆき)の華(はな)」です。

wa.ta.shi no o.ha.ko wa na.ka.shi.ma mi.ka no

yu.ki no ha.na de.su

我最拿手的是中島美嘉的「雪花」。

實戰會話1

A：予約(よやく)はしていないんですけど、空(あ)いてる部屋(へや)はありますか？

yo.ya.ku wa shi.te i.na.i n de.su ke.do a.i.te ru he.ya wa a.ri.ma.su ka

雖然我沒預約，有空的房間嗎？

B：何名様(なんめいさま)でいらっしゃいますか？

na.n.me.e sa.ma de i.ra.s.sha.i.ma.su ka

請問客人是幾位呢？

A：2名(にめい)ですが、部屋(へや)は別々(べつべつ)でお願(ねが)いできますか？

ni.me.e de.su ga he.ya wa be.tsu.be.tsu de o ne.ga.i de.ki.ma.su ka

二個人，但房間能麻煩分開嗎？

B：かしこまりました。
シングルのお部屋(へや)がお2(ふた)つですね。
すぐご用意(ようい)できます。

ka.shi.ko.ma.ri.ma.shi.ta
shi.n.gu.ru no o he.ya ga o fu.ta.tsu de.su ne
su.gu go yo.o.i de.ki.ma.su
知道了。二間單人房囉。
馬上可以準備（給您）。

A：1人1泊(ひとりいっぱく)、おいくらですか？

hi.to.ri i.p.pa.ku o i.ku.ra de.su ka
一人一晚多少錢呢？

B：税込(ぜいこ)みで8000円(はっせんえん)になります。

ze.e.ko.mi de ha.s.se.n e.n ni na.ri.ma.su
含稅是八千日圓。

實戰會話2

A：普段(ふだん)、休日(きゅうじつ)はどう過(すご)していますか？

fu.da.n kyu.u.ji.tsu wa do.o su.go.shi.te i.ma.su ka

平常，假日是怎麼過的呢？

B：たいてい家(うち)で本(ほん)を読(よ)んだり、音楽(おんがく)を聴(き)いたりしています。

ta.i.te.e u.chi de ho.n o yo.n.da.ri
o.n.ga.ku o ki.i.ta.ri.shi.te i.ma.su

大多是在家看書或聽音樂。

A：どんな音楽(おんがく)をよく聴(き)きますか？

do.n.na o.n.ga.ku o yo.ku ki.ki.ma.su ka

常聽些怎樣的音樂呢？

B：ポップスが多(おお)いですね。特(とく)にジャニーズの曲(きょく)が多(おお)いです。

po.p.pu.su ga o.o.i de.su ne
to.ku ni ja.ni.i.zu no kyo.ku ga o.o.i de.su

流行歌曲居多吧。特別是傑尼斯的歌曲。

A：ジャニーズですか？

私（わたし）は嵐（あらし）のファンです。

ja.ni.i.zu de.su ka

wa.ta.shi wa a.ra.shi no fa.n de.su

傑尼斯嗎？我是嵐的粉絲。

B：偶然（ぐうぜん）ですね、私（わたし）もです。

gu.u.ze.n de.su ne wa.ta.shi mo de.su

好巧喔，我也是。

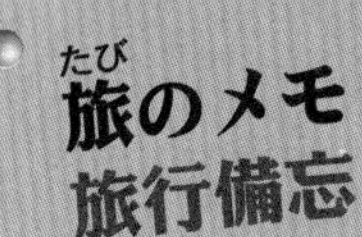

在日本__________（地名）**看過________________電影**

時間：　　　　　　　　　　電影院：

電影種類：　　　　　　　　同伴：

Q：電影內容是什麼？最難忘的台詞是哪句話？

在日本__________（地名）**去過____________遊樂園**

時間：　　　　　　　　　　同伴：

Q：玩了幾項遊樂設施？最好玩的是哪一項？

X・困擾

場景1・症狀

場景2・受傷

場景3・診療

場景4・藥局

場景5・交通事故

場景6・失竊

場景7・求助

暖身一下！

在日本碰到麻煩怎麼辦？

出門在外，最擔心的就是生病或遭遇突發狀況，若能事先做些功課，屆時就不會手忙腳亂。在日本旅遊途中，若有輕微的身體不適，可前往藥妝店，請藥劑師為您推薦合適的成藥。如果病情較為嚴重，還是得上醫院就診。不過在日本看病很貴，沒有保險的話，即使是個小感冒，也要四、五千日圓，因此最好要有些心理準備。

日本小型醫院的營業時間都不長，大部分是早上九點到下午六點，除了星期天和假日，其中平日也有一天或半天的休診日。如果在休診時間需要就診，可就近前往「**夜間診療所**」（< ya.ka.n shi.n.ryo.o.jo >；夜間診療所），或「**休日診療所**」（< kyu.u.ji.tsu shi.n.ryo.o.jo >；假日診療所）接受診治，但費用會比平時高些，有需要的話，可請飯店代為介紹。若病情傷勢緊急，和台灣一樣，打「119」叫救護車是最便捷的方法，若附近有大醫院，也可直接與急診室聯絡（最好不要貿然前往，因醫院體系、設備及應診醫師科目的關係，有些醫院會拒收）。

至於突發的緊急狀況，可前往就近的「交番」（< ko.o.ba.n >；派出所）或打「110」求助，在日本，撥打公共電話求救時，不需要投幣，也不需要電話卡，直接拿起話筒撥號即可。當然，在危急的時刻，「助けて」（< ta.su.ke.te >；救命啊）將是最中用的一句話，這一定要記起來。

此外，儘管日本的治安良好，有些地方還是需要特別注意。第一，沒有必要，不要接近特種營業區，也不要因為好奇去嘗試，因為誤中「ぼったくり店」（< bo.t.ta.ku.ri te.n >；黑心店）的機率很高，被狠敲一筆是免不了的。第二，沒有男性同伴的話，女性最好別在酒店聚集處逗留太晚，因為「酔っ払い」（< yo.p.pa.ra.i >；醉鬼）是很纏人的，即使不是單獨一人，依然不宜久留。第三，在繁華街，特別是像新宿、澀谷、池袋這些熱鬧的地方，要小心提防「キャッチセール」（< kya.c.chi se.e.ru >；指在路上拉客，帶回店裡，以不合理的高價，強迫顧客購買商品的行為），以免誤上賊船。其中很多是以問卷調查的名義誘人上勾，千萬不要因為推銷員外表看起來很善良就跟著走，否則只能破財消災了。如何拒絕？堅決地告訴他們「いいです」（< i.i de.su >；不用了）就對了。出門在外，凡事小心為上，這樣才能高高興興出門，平平安安回家啊！

しょうじょう 症状

sho.o.jo.o

症狀

MP3 75

1 どうしましたか？

do.o shi.ma.shi.ta ka

怎麼了嗎？

2 頭（あたま）が痛（いた）いんですが……。

a.ta.ma ga i.ta.i n de.su ga

頭很痛……。

套進去說說看

胸（むね） mu.ne 胸部	喉（のど） no.do 喉嚨
歯（は） ha 牙齒	背中（せなか） se.na.ka 背部

おなか o na.ka 肚子	足（あし） a.shi 腳
耳（みみ） mi.mi 耳朵	首（くび） ku.bi 脖子
腰（こし） ko.shi 腰	

3 下痢（げり）が止（と）まらないんです。

ge.ri ga to.ma.ra.na.i n de.su

腹瀉不止。

套進去說說看

咳（せき） se.ki 咳嗽	くしゃみ ku.sha.mi 噴嚏
鼻水（はなみず） ha.na.mi.zu 鼻水	しゃっくり sha.k.ku.ri 打嗝

4 鼻(はな)が詰(つ)まるんです。

ha.na ga tsu.ma.ru n de.su

鼻子塞住了。

---

5 めまいがするんです。

me.ma.i ga su.ru n de.su

覺得頭暈。

套進去說說看

寒気(さむけ)
sa.mu.ke
發冷

吐(は)き気(け)
ha.ki.ke
噁心

立(た)ちくらみ
ta.chi.ku.ra.mi
站起來發暈

---

6 胃(い)がもたれるんです。

i ga mo.ta.re.ru n de.su

胃會漲。

7 体（からだ）がだるいんです。

ka.ra.da ga da.ru.i n de.su

渾身無力。

8 目（め）がチクチクするんです。

me ga chi.ku.chi.ku.su.ru n de.su

眼睛感覺刺痛。

9 息（いき）が苦（くる）しいんです。

i.ki ga ku.ru.shi.i n de.su

呼吸困難。

10 体中（からだじゅう）がかゆいんです。

ka.ra.da.ju.u ga ka.yu.i n de.su

全身發癢。

11 熱（ねつ）はありますか？

ne.tsu wa a.ri.ma.su ka

有發燒嗎？

套進去說說看

食欲（しょくよく）	痛（いた）み
sho.ku.yo.ku	i.ta.mi
食慾	疼痛
出血（しゅっけつ）	
shu.k.ke.tsu	
出血	

12 高熱（こうねつ）が続（つづ）いてるんですが……。

ko.o.ne.tsu ga tsu.zu.i.te ru n de.su ga

持續著高燒……。

怪我（けが）

ke.ga

受傷

MP3 76

1 足首（あしくび）を挫（くじ）いたようです。

a.shi.ku.bi o ku.ji.i.ta yo.o de.su

腳踝好像扭到了。

---

2 やけどをしました。

ya.ke.do o shi.ma.shi.ta

燙傷了。

---

3 浴室（よくしつ）で滑（すべ）って頭（あたま）を打（う）ちました。

yo.ku.shi.tsu de su.be.t.te a.ta.ma o u.chi.ma.shi.ta

在浴室滑倒撞到了頭。

---

4 骨折（こっせつ）かもしれません。

ko.s.se.tsu ka.mo shi.re.ma.se.n

或許是骨折。

套進去說說看

ねんざ 捻挫 ne.n.za 扭傷	つ ゆび 突き指 tsu.ki.yu.bi 手指戳傷
だっきゅう 脱臼 da.k.kyu.u 脫臼	ちゅうじえん 中耳炎 chu.u.ji.e.n 中耳炎
ねっしゃびょう 熱射病 ne.s.sha.byo.o 中暑	ひんけつ 貧血 hi.n.ke.tsu 貧血
しょく 食あたり sho.ku.a.ta.ri 吃壞肚子	へんとうせんえん 扁桃腺炎 he.n.to.o.se.n.e.n 扁桃腺炎
インフルエンザ i.n.fu.ru.e.n.za 流行性感冒	はいえん 肺炎 ha.i.e.n 肺炎
いかいよう 胃潰瘍 i.ka.i.yo.o 胃潰瘍	もうちょうえん 盲腸炎 mo.o.cho.o.e.n 盲腸炎

5 血(ち)が止(と)まらないんです。

chi ga to.ma.ra.na.i n de.su

血流不止。

6 膝(ひざ)が腫(は)れているんです。

hi.za ga ha.re.te i.ru n de.su

膝蓋腫起來了。

7 骨(ほね)が喉(のど)にひっかかって取(と)れないんです。

ho.ne ga no.do ni hi.k.ka.ka.t.te to.re.na.i n de.su

骨頭卡在喉嚨，拿不出來。

診療（しんりょう）

shi.n.ryo.o

診療

1 体温（たいおん）を測（はか）りましょう。

ta.i.o.n o ha.ka.ri.ma.sho.o

量體溫吧。

套進去說說看

血圧（けつあつ） ke.tsu.a.tsu 血壓	体重（たいじゅう） ta.i.ju.u 體重
身長（しんちょう） shi.n.cho.o 身高	脈拍（みゃくはく） mya.ku.ha.ku 脈搏

2 注射（ちゅうしゃ）したほうがいいですね。

chu.u.sha.shi.ta ho.o ga i.i de.su ne

最好打針喔。

套進去說說看

点滴（てんてき）
te.n.te.ki.
打點滴

検査（けんさ）
ke.n.sa.
檢查

入院（にゅういん）
nyu.u.i.n.
住院

3 念（ねん）のため、レントゲンも撮（と）りましょう。

ne.n no ta.me re.n.to.ge.n mo to.ri.ma.sho.o

為了慎重起見，也照個X光吧。

4 薬（くすり）のアレルギーはありますか？

ku.su.ri no a.re.ru.gi.i wa a.ri.ma.su ka

對藥物有過敏嗎？

5 抗生物質（こうせいぶっしつ）を飲（の）めば良（よ）くなります。

ko.o.se.e.bu.s.shi.tsu o no.me.ba yo.ku na.ri.ma.su

服下抗生素就會好起來。

套進去說說看

下剤（げざい）
ge.za.i
瀉藥

整腸剤（せいちょうざい）
se.e.cho.o.za.i
整腸藥

鎮痛剤（ちんつうざい）
chi.n.tsu.u.za.i
止痛藥

---

6 シロップでいいですか？

shi.ro.p.pu de i.i de.su ka

用糖漿好嗎？

套進去說說看

錠剤（じょうざい）
jo.o.za.i
藥丸

粉薬（こなぐすり）
ko.na.gu.su.ri
藥粉

漢方薬（かんぽうやく）
ka.n.po.o.ya.ku
中藥

7 薬（くすり）はどのように飲（の）めばいいですか？

ku.su.ri wa do.no yo.o ni no.me.ba i.i de.su ka

藥該怎麼服用才好呢？

8 1日3回（いちにちさんかい）、食後（しょくご）に飲（の）んでください。

i.chi.ni.chi sa.n.ka.i sho.ku.go ni no.n.de ku.da.sa.i

請一天三次，飯後服用。

套進去說說看

食前（しょくぜん）
sho.ku.ze.n
飯前

食間（しょっかん）
sho.k.ka.n
二餐之間

寝る前（ねるまえ）
ne.ru ma.e
就寢前

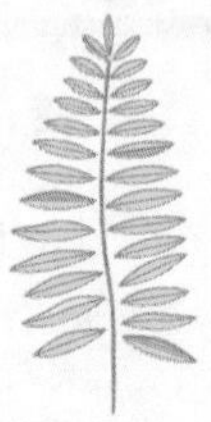

9 トローチを出(だ)してもらえますか？

to.ro.o.chi o da.shi.te mo.ra.e.ma.su ka

能開喉片給我嗎？

套進去說說看

湿布(しっぷ) shi.p.pu 藥布	うがい薬(ぐすり) u.ga.i.gu.su.ri 漱口藥水
解熱剤(げねつざい) ge.ne.tsu.za.i 退燒藥	鼻洗浄剤(はなせんじょうざい) ha.na.se.n.jo.o.za.i 洗鼻液
洗眼薬(せんがんやく) se.n.ga.n.ya.ku 洗眼藥	座薬(ざやく) za.ya.ku 栓劑

10 お大事(だいじ)に。

o da.i.ji ni

請保重。

場景4 薬局（やっきょく）

ya.k.kyo.ku

藥局

MP3 78

1 近（ちか）くに薬局（やっきょく）はありますか？

chi.ka.ku ni ya.k.kyo.ku wa a.ri.ma.su ka

附近有藥局嗎？

套進去說說看

内科（ないか） na.i.ka 內科	外科（げか） ge.ka 外科
皮膚科（ひふか） hi.fu.ka 皮膚科	耳鼻咽喉科（じびいんこうか） ji.bi.i.n.ko.o.ka 耳鼻喉科
眼科（がんか） ga.n.ka 眼科	産婦人科（さんふじんか） sa.n.fu.ji.n.ka 婦產科
心療内科（しんりょうないか） shi.n.ryo.o.na.i.ka 身心內科	胃腸科（いちょうか） i.cho.o.ka 腸胃科

リハビリ科 (か) ri.ha.bi.ri.ka 復健科	小児科 (しょうにか) sho.o.ni.ka 小兒科
歯科 (しか) shi.ka 牙科	泌尿器科 (ひにょうきか) hi.nyo.o.ki.ka 泌尿科

2 処方箋(しょほうせん)がなくても買(か)えますか？

sho.ho.o.se.n ga na.ku.te mo ka.e.ma.su ka

沒有處方也可以買嗎？

3 風邪薬(かぜぐすり)が欲(ほ)しいんですが……。

ka.ze.gu.su.ri ga ho.shi.i n de.su ga

我想要感冒藥……。

套進去說說看

胃薬 (いぐすり) i.gu.su.ri 胃藥	便秘薬 (べんぴやく) be.n.pi.ya.ku 便秘藥
目薬 (めぐすり) me.gu.su.ri 眼藥水	

4 速く効く(はやく きく)のをください。

ha.ya.ku ki.ku no o ku.da.sa.i

請給我快速有效的。

5 この薬(くすり)は副作用(ふくさよう)がありますか？

ko.no ku.su.ri wa fu.ku.sa.yo.o ga a.ri.ma.su ka

這個藥有副作用嗎？

6 包帯(ほうたい)はどこに置(お)いてありますか？

ho.o.ta.i wa do.ko ni o.i.te a.ri.ma.su ka

繃帶放在哪裡呢？

套進去說說看

ばんそうこう 絆創膏 ba.n.so.o.ko.o OK繃	しょうどくえき 消毒液 sho.o.do.ku.e.ki 消毒水
めっきん 滅菌ガーゼ me.k.ki.n ga.a.ze 消毒紗布	めんぼう 綿棒 me.n.bo.o 棉花棒
がんたい 眼帯 ga.n.ta.i 眼罩	せいじょうめん 清浄綿 se.e.jo.o.me.n 消毒棉

マスク ma.su.ku 口罩	爪切り（つめきり） tsu.me.ki.ri 指甲刀
毛抜き（けぬき） ke.nu.ki 拔毛夾	

交通事故

MP3 79

ko.o.tsu.u.ji.ko

交通事故

1 彼女は車にぶつけられました。

ka.no.jo wa ku.ru.ma ni bu.tsu.ke.ra.re.ma.shi.ta

她被車撞了。

---

2 ひき逃げ容疑者はまだ見付かりません。

hi.ki.ni.ge yo.o.gi.sha wa ma.da mi.tsu.ka.ri.ma.se.n

肇事逃逸嫌犯尚未找到。

---

3 昨日の玉突き事故で、怪我人が出ました。

ki.no.o no ta.ma.tsu.ki ji.ko de ke.ga.ni.n ga de.ma.shi.ta

在昨日的連環車禍中，有人受傷了。

---

4 車はグシャグシャです。

ku.ru.ma wa gu.sha.gu.sha de.su

車子面目全非。

5 飲酒運転(いんしゅうんてん)が原因(げんいん)だそうです。

i.n.shu.u.n.te.n ga ge.n.i.n da so.o de.su

聽說原因是酒後駕車。

套進去說說看

よそ見(み)
yo.so.mi
不注意前方

スピード違反(いはん)
su.pi.i.do i.ha.n
違規超速

信号無視(しんごうむし)
shi.n.go.o mu.shi
闖紅燈

6 タイヤがパンクしてしまいました。

ta.i.ya ga pa.n.ku.shi.te shi.ma.i.ma.shi.ta

輪胎爆胎了。

7 幸(さいわ)いなことに、車(くるま)のドアが少(すこ)し凹(へこ)んだだけでした。

sa.i.wa.i.na ko.to ni ku.ru.ma no do.a ga su.ko.shi he.ko.n.da da.ke de.shi.ta

幸好，只是車門有點凹陷而已。

盜難

とうなん

to.o.na.n

失竊

MP3 80

1 泥棒だ！（どろぼう）

do.ro.bo.o da

小偷！

套進去說說看

スリ

su.ri

扒手

変態（へんたい）

he.n.ta.i

變態

痴漢（ちかん）

chi.ka.n

色狼

2 泥棒に入られました。（どろぼう、はい）

do.ro.bo.o ni ha.i.ra.re.ma.shi.ta

家裡遭小偷了。

3 現金（げんきん）が全部（ぜんぶ）盗（ぬす）まれました。

ge.n.ki.n ga ze.n.bu nu.su.ma.re.ma.shi.ta

現金全被偷走了。

4 部屋（へや）で泥棒（どろぼう）と鉢合（はちあ）わせしました。

he.ya de do.ro.bo.o to ha.chi.a.wa.se.shi.ma.shi.ta

在房間與小偷碰個正著。

5 強盗（ごうとう）と揉（も）み合（あ）いになりました。

go.o.to.o to mo.mi.a.i ni na.ri.ma.shi.ta

和強盜扭打在一起。

6 電車（でんしゃ）の中（なか）で財布（さいふ）をすられました。

de.n.sha no na.ka de sa.i.fu o su.ra.re.ma.shi.ta

在電車裡錢包被扒走了。

7 空き巣に注意してください。

a.ki.su ni chu.u.i.shi.te ku.da.sa.i

請注意闖空門。

套進去說說看

忍び込み
shi.no.bi.ko.mi
（盜賊）潛入

ひったくり
hi.t.ta.ku.ri
搶劫

振込み詐欺
fu.ri.ko.mi.sa.gi
匯款詐騙

場景7

助(たす)けを求(もと)める

MP3 81

ta.su.ke o mo.to.me.ru

求助

1 助(たす)けて！

ta.su.ke.te

救命啊！

2 警察(けいさつ)を呼(よ)んでください。

ke.e.sa.tsu o yo.n.de ku.da.sa.i

請叫警察。

套進去說說看

救急車(きゅうきゅうしゃ)
kyu.u.kyu.u.sha
救護車

消防車(しょうぼうしゃ)
sho.o.bo.o.sha
消防車

警備員(けいびいん)
ke.e.bi.i.n
警衛

3 交番（こうばん）はどこですか？

ko.o.ba.n wa do.ko de.su ka

派出所在哪裡呢？

套進去說說看

迷子（まいご）センター
ma.i.go se.n.ta.a
兒童走失中心

救急病院（きゅうきゅうびょういん）
kyu.u.kyu.u byo.o.i.n
急救醫院

サービスカウンター
sa.a.bi.su ka.u.n.ta.a
服務櫃檯

4 店（みせ）に鞄（かばん）を忘（わす）れてしまったんですが……。

mi.se ni ka.ba.n o wa.su.re.te shi.ma.t.ta n de.su ga

我把皮包忘在店裡了……。

套進去說說看

荷物（にもつ）
ni.mo.tsu
行李

書類（しょるい）
sho.ru.i
文件

財布（さいふ）
sa.i.fu
錢包

5 確認（かくにん）していただけますか？

ka.ku.ni.n.shi.te i.ta.da.ke.ma.su ka

能替我確認嗎？

6 もし見（み）つかったら、連絡（れんらく）していただけますか？

mo.shi mi.tsu.ka.t.ta.ra re.n.ra.ku.shi.te i.ta.da.ke.ma.su ka

如果找到的話，能通知我嗎？

實戰會話1

A：昨夜から下痢が止まらないんです。

sa.ku.ya ka.ra ge.ri ga to.ma.ra.na.i n de.su

從昨晚開始就腹瀉不止。

B：熱はありますか？

ne.tsu wa a.ri.ma.su ka

有發燒嗎？

A：熱はありませんが、体中がだるいです。

ne.tsu wa a.ri.ma.se.n ga ka.ra.da.ju.u ga da.ru.i de.su

雖然沒有發燒，但是全身無力。

B：吐き気はしますか？

ha.ki.ke wa shi.ma.su ka

會不會想吐呢？

A：はい。

ha.i

是的。

B：食(しょく)あたりかもしれませんね。
とりあえず、検査(けんさ)しましょう。

sho.ku.a.ta.ri ka.mo shi.re.ma.se.n ne
to.ri.a.e.zu ke.n.sa.shi.ma.sho.o

或許是吃壞肚子了呢。暫且先做檢查吧。

實戰會話2

A：どうしよう？

do.o shi.yo.o

怎麼辦？

B：どうしましたか？

do.o shi.ma.shi.ta ka

怎麼了啊？

A：タクシーの中(なか)に鞄(かばん)を
置(お)き忘(わす)れちゃったんです。

ta.ku.shi.i no na.ka ni ka.ba.n o

o.ki.wa.su.re.cha.t.ta n de.su

皮包忘在計程車裡了。

B：どこのタクシー会社(がいしゃ)か覚(おぼ)えてますか？

do.ko no ta.ku.shi.i.ga.i.sha ka o.bo.e.te ma.su ka

記得是哪家計程車公司嗎？

A：確か東京無線だと思います。

ta.shi.ka to.o.kyo.o.mu.se.n da to o.mo.i.ma.su

我想應該是東京無線。

B：早速、タクシー会社に問い合わせてみましょう。

sa.s.so.ku ta.ku.shi.i.ga.i.sha ni to.i.a.wa.se.te mi.ma.sho.o

趕緊向計程車公司打聽看看吧。

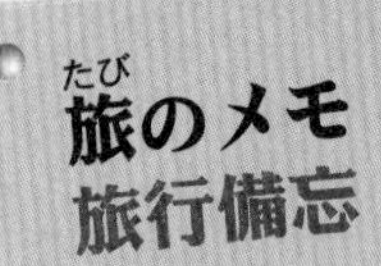

在日本__________（地名）**遇過**________________**麻煩**

時間：　　　　　　　　　　發生原因：

解決辦法：

Q：遇到麻煩當下的第一個念頭是什麼？

在日本__________（地名）**遇過**________________**麻煩**

時間：　　　　　　　　　　發生原因：

解決辦法：

Q：遇到麻煩當下的第一個念頭是什麼？

XI・各種感情、意見的表達與溝通

場景1・喜悅・快樂

場景2・充實感・感動

場景3・可笑・有趣

場景4・安穩・療癒

場景5・悲傷・痛苦

場景6・恐懼・寂寞

場景7・憤怒

場景8・驚訝

場景9・同意・肯定

場景10・否定・反對

場景11・反問

場景12・責備

場景13・鼓勵・建議

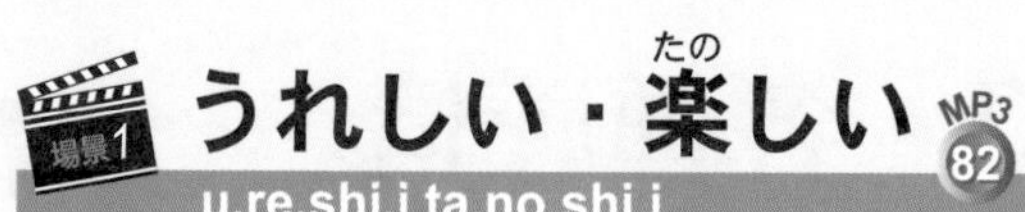

場景1 うれしい・楽しい(たの) MP3 82

u.re.shi.i ta.no.shi.i

喜悅・快樂

1 本当(ほんとう)にうれしいです。

ho.n.to.o ni u.re.shi.i de.su

真的高興。

套進去說說看

すごく su.go.ku 很	とても to.te.mo 非常
ちょっぴり cho.p.pi.ri 有點	

2 やった！

ya.t.ta

我做到了！

3 よかったです。

yo.ka.t.ta de.su

太好了。

4 幸(しあわ)せです。

shi.a.wa.se de.su

好幸福。

5 ワクワクしています。

wa.ku.wa.ku.shi.te i.ma.su

真讓人興奮、期待。

套進去說說看

ドキドキ
do.ki.do.ki
忐忑不安

ウキウキ
u.ki.u.ki
喜不自禁

ハラハラ
ha.ra.ha.ra
擔心

6 今日(きょう)は本当(ほんとう)に楽(たの)しかったです。

kyo.o wa ho.n.to.o ni ta.no.shi.ka.t.ta de.su

今天真的很開心。

7 あなたといると何(なに)をしても楽(たの)しいです。

a.na.ta to i.ru to na.ni o shi.te mo ta.no.shi.i de.su

和你在一起，做什麼都很快樂。

充実感・感動

じゅう じつ かん　かん どう

ju.u.ji.tsu.ka.n ka.n.do.o

MP3 83

充實感・感動

1 とても満足（まんぞく）しています。

to.te.mo ma.n.zo.ku.shi.te i.ma.su

非常滿足。

2 努力（どりょく）した甲斐（かい）があります。

do.ryo.ku.shi.ta ka.i ga a.ri.ma.su

有努力的價值。

3 もう思（おも）い残（のこ）すことはありません。

mo.o o.mo.i.no.ko.su ko.to wa a.ri.ma.se.n

已經沒有遺憾。

套進去說說看

悔（く）い

ku.i

遺憾

4 とてもいい経験(けいけん)をしました。

to.te.mo i.i ke.e.ke.n o shi.ma.shi.ta

是非常好的經驗。

---

5 非常(ひじょう)に感動(かんどう)しました。

hi.jo.o ni ka.n.do.o.shi.ma.shi.ta

非常感動。

---

6 胸(むね)がいっぱいです。

mu.ne ga i.p.pa.i de.su

百感交集。

---

7 ジーンと来(き)ました。

ji.i.n to ki.ma.shi.ta

讓人忍不住鼻酸。

---

8 思(おも)わず涙(なみだ)が出(で)ました。

o.mo.wa.zu na.mi.da ga de.ma.shi.ta

忍不住流下了眼淚。

おかしい・おもしろい

MP3 84

o.ka.shi.i o.mo.shi.ro.i

可笑・有趣

1 おもしろくてたまりません。

o.mo.shi.ro.ku.te ta.ma.ri.ma.se.n

有趣得不得了。

2 笑（わら）いが止（と）まらないほどおかしかったです。

wa.ra.i ga to.ma.ra.na.i ho.do o.ka.shi.ka.t.ta de.su

可笑得讓人笑個不停。

3 あのお笑（わら）い芸人（げいにん）って、すごくおもしろいですね。

a.no o.wa.ra.i ge.e.ni.n t.te su.go.ku o.mo.shi.ro.i de.su ne

那位搞笑藝人，非常有趣耶。

4 おかしすぎて笑（わら）っちゃいました。

o.ka.shi.su.gi.te wa.ra.c.cha.i.ma.shi.ta

太滑稽了，忍不住笑了出來。

---

5 今（いま）のギャグ、受（う）けました。

i.ma no gya.gu u.ke.ma.shi.ta

剛才的笑話（搞笑），好笑。

---

6 こんなおもしろい話（はなし）、初（はじ）めて聞（き）きました。

ko.n.na o.mo.shi.ro.i ha.na.shi ha.ji.me.te ki.ki.ma.shi.ta

這麼有趣的事情，還是初次耳聞。

---

7 そんなにおかしいですか？

so.n.na.ni o.ka.shi.i de.su ka

有那麼好笑嗎？

8 笑(わら)い者(もの)にしないでください。

wa.ra.i.mo.no ni shi.na.i.de ku.da.sa.i

請別把我當笑話。

套進去說說看

ばか
ba.ka
傻瓜

邪魔者(じゃまもの)
ja.ma.mo.no
累贅

当(あ)て
a.te
依靠（別指望我）

安(やす)らぎ・癒(いや)し

MP3 85

ya.su.ra.gi i.ya.shi

安穩・療癒

1 ヒーリング系(けい)の音楽(おんがく)を聴(き)くと、心(こころ)が安(やす)らぎます。

hi.i.ri.n.gu ke.e no o.n.ga.ku o ki.ku to ko.ko.ro ga ya.su.ra.gi.ma.su

聽了療癒系的音樂，內心就會安穩。

---

2 座禅(ざぜん)を組(く)むと、心(こころ)が静(しず)まります。

za.ze.n o ku.mu to ko.ko.ro ga shi.zu.ma.ri.ma.su

坐禪的話，心靈就會平靜。

---

3 ココアを飲(の)むと、なんだかホットします。

ko.ko.a o no.mu to na.n.da.ka ho.t.to.shi.ma.su

總覺得喝了可可，就會放鬆。

4 肩の荷がようやく下りました。

ka.ta no ni ga yo.o.ya.ku o.ri.ma.shi.ta

肩上的重擔終於卸下了。

5 アロマテラピーには、癒し効果があるそうです。

a.ro.ma.te.ra.pi.i ni wa i.ya.shi ko.o.ka ga a.ru so.o de.su

聽說芳香療法，有療癒的效果。

套進去說說看

ペット pe.t.to 寵物	草花 ku.sa.ba.na 花草
温泉 o.n.se.n 溫泉	マッサージ ma.s.sa.a.ji 按摩
森林浴 shi.n.ri.n.yo.ku 森林浴	アクアリウム a.ku.a.ri.u.mu 水族箱

6 やはり我(わ)が家(や)は居心地(いごこち)がいいですね。

ya.ha.ri wa.ga.ya wa i.go.ko.chi ga i.i de.su ne

還是自己的家舒適啊。

7 バリ島(とう)のビーチでのんびりするのが夢(ゆめ)です。

ba.ri.to.o no bi.i.chi de no.n.bi.ri.su.ru no ga yu.me de.su

在峇里島的海灘盡情放鬆，是我的夢想。

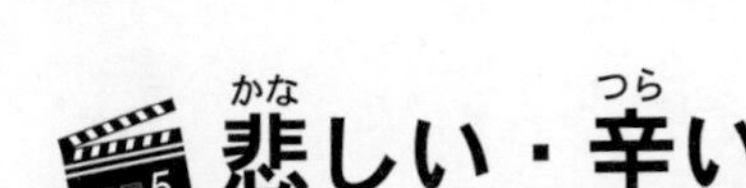

悲しい・辛い

ka.na.shi.i tsu.ra.i

悲傷・痛苦

1 なぜか彼女(かのじょ)は急(きゅう)に泣(な)き出(だ)しました。

na.ze ka ka.no.jo wa kyu.u ni na.ki.da.shi.ma.shi.ta

不知為何她突然哭出來了。

套進去說說看

怒(おこ)り出(だ)し
o.ko.ri.da.shi.
生起氣來

笑(わら)い出(だ)し
wa.ra.i.da.shi.
笑出來

吹(ふ)き出(だ)し
fu.ki.da.shi.
忍不住笑出來

---

2 どうか悲(かな)しまないでください。

do.o.ka ka.na.shi.ma.na.i.de ku.da.sa.i

請不要悲傷。

3 その話(はなし)を聞(き)くと、思(おも)わず悲(かな)しくなります。

so.no ha.na.shi o ki.ku to o.mo.wa.zu ka.na.shi.ku na.ri.ma.su

聽了那席話，忍不住悲傷起來。

4 なんとか涙(なみだ)をこらえました。

na.n.to.ka na.mi.da o ko.ra.e.ma.shi.ta

好不容易忍住了涙水。

套進去說說看

怒(いか)り
i.ka.ri
憤怒

笑(わら)い
wa.ra.i
笑

悲(かな)しみ
ka.na.shi.mi
悲傷

5 遠距離恋愛(えんきょりれんあい)は辛(つら)いです。

e.n.kyo.ri re.n.a.i wa tsu.ra.i de.su

遠距離戀愛很辛苦。

套進去說說看

単身赴任(たんしんふにん) ta.n.shi.n.fu.ni.n 單身赴任	連日残業(れんじつざんぎょう) re.n.ji.tsu za.n.gyo.o 連日加班
がん治療(ちりょう) ga.n chi.ryo.o 癌症治療	失恋(しつれん) shi.tsu.re.n 失戀
貧乏生活(びんぼうせいかつ) bi.n.bo.o se.e.ka.tsu 貧窮生活	片思い(かたおも) ka.ta.o.mo.i 單相思

6 私(わたし)も心苦(こころぐる)しいです。

wa.ta.shi mo ko.ko.ro.gu.ru.shi.i de.su

我也是很難受。

怖(こわ)い・寂(さび)しい

MP3 87

ko.wa.i sa.bi.shi.i

恐懼・寂寞

1 一人暮(ひとりぐ)らしは寂(さび)しいですね。

hi.to.ri.gu.ra.shi wa sa.bi.shi.i de.su ne

一個人生活真是寂寞啊。

---

2 ずっと側(そば)にいるって言(い)ったじゃないですか？

zu.t.to so.ba ni i.ru t.te i.t.ta ja na.i de.su ka

你不是說要永遠待在我身旁嗎？

---

3 独(ひと)りぼっちのクリスマスは寂(さび)しいです。

hi.to.ri.bo.c.chi no ku.ri.su.ma.su wa sa.bi.shi.i de.su

孤獨一人的聖誕節很寂寞。

套進去說說看

バレンタイン	休日(きゅうじつ)
ba.re.n.ta.i.n	kyu.u.ji.tsu
情人節	假日

旅行（りょこう）
ryo.ko.o
旅行

4 私（わたし）、怖（こわ）がりなんです。

wa.ta.shi ko.wa.ga.ri.na n de.su

我，是膽小鬼。

5 彼（かれ）は怖（こわ）いもの知（し）らずです。

ka.re wa ko.wa.i mo.no shi.ra.zu de.su

他膽子很大。

6 死（し）ぬほどお化（ば）けが怖（こわ）いです。

shi.nu ho.do o ba.ke ga ko.wa.i de.su

我怕鬼怕死了。

7 高所恐怖症（こうしょきょうふしょう）なんです。

ko.o.sho.kyo.o.fu.sho.o.na n de.su

我有懼高症。

怒(いか)り

i.ka.ri

MP3 88

憤怒

1 また私(わたし)を怒(おこ)らせるつもりですか？

ma.ta wa.ta.shi o o.ko.ra.se.ru tsu.mo.ri de.su ka

又想惹我生氣嗎？

2 怒(おこ)ってるんですか？

o.ko.t.te ru n de.su ka

你在生氣嗎？

3 怒(おこ)らないでください。

o.ko.ra.na.i.de ku.da.sa.i

請不要生氣。

4 いい加減(かげん)にしてください。

i.i ka.ge.n ni shi.te ku.da.sa.i

請給我有點分寸。

5 彼(かれ)の態度(たいど)には腹(はら)が立(た)ちます。

ka.re no ta.i.do ni wa ha.ra ga ta.chi.ma.su

他的態度讓人生氣。

6 みんな自分勝手(じぶんかって)で頭(あたま)にきます。

mi.n.na ji.bu.n.ka.t.te de a.ta.ma ni ki.ma.su

大家都只顧自己，真令人火大。

7 彼女(かのじょ)はキレると怖(こわ)いですよ。

ka.no.jo wa ki.re.ru to ko.wa.i de.su yo

她要爆發起來的話，可是很恐怖的喔。

8 ふざけないでください。

fu.za.ke.na.i.de ku.da.sa.i

請不要耍我。

驚(おどろ)き

MP3 89

o.do.ro.ki

驚訝

1 驚(おどろ)いた！

o.do.ro.i.ta

嚇我一跳！

2 びっくりさせないでくださいよ！

bi.k.ku.ri.sa.se.na.i.de ku.da.sa.i yo

請別嚇我啦！

3 信(しん)じられません。

shi.n.ji.ra.re.ma.se.n

難以置信。

4 ありえない！

a.ri.e.na.i

不可能！

5 本当（ほんとう）ですか？

ho.n.to.o de.su ka

真的嗎？

6 すごくショックです。

su.go.ku sho.k.ku de.su

非常令人震驚。

7 そんなはずないでしょう。

so.n.na ha.zu na.i de.sho.o

沒那種可能吧。

8 まったくの予想外（よそうがい）です。

ma.t.ta.ku no yo.so.o.ga.i de.su

完全出乎意料之外。

MP3 90

do.o.i ko.o.te.e

同意・肯定

1 いいですよ。

i.i de.su yo

好啊。

2 分（わ）かりました。

wa.ka.ri.ma.shi.ta

我知道了。

3 賛成（さんせい）です。

sa.n.se.e de.su

贊成。

套進去說說看

反対（はんたい）	同（おな）じ
ha.n.ta.i	o.na.ji
反對	一樣

4 なるほど、ごもっともです。

na.ru.ho.do go mo.t.to.mo de.su

的確，您說的真對。

5 まさにおっしゃる通(とお)りです。

ma.sa.ni o.s.sha.ru to.o.ri de.su

正如您所說的。

6 そうかもしれません。

so.o ka.mo shi.re.ma.se.n

或許是那樣。

7 私(わたし)もそう思(おも)います。

wa.ta.shi mo so.o o.mo.i.ma.su

我也是這麼想。

8 当(あ)たり前(まえ)でしょう。

a.ta.ri.ma.e de.sho.o

理所當然嘛。

場景10 否定・反対

hi.te.e ha.n.ta.i

否定・反對

MP3 91

1 何か勘違いしてませんか？

na.ni ka ka.n.chi.ga.i.shi.te ma.se.n ka

你是不是哪裡搞錯了？

2 うまくいくわけがないでしょう。

u.ma.ku i.ku wa.ke ga na.i de.sho.o

沒有順利進行的道理吧。

3 とんでもないです。

to.n.de.mo na.i de.su

怎麼可以；哪兒的話。

4 それはどうでしょう？

so.re wa do.o de.sho.o

那可行嗎？

5 私(わたし)だったらそんなことはしません。

wa.ta.shi da.t.ta.ra so.n.na ko.to wa shi.ma.se.n

要是我的話，才不做那種事。

---

6 やめたほうがいいですよ。

ya.me.ta ho.o ga i.i de.su yo

還是算了吧。

套進去說說看

諦(あきら)めた
a.ki.ra.me.ta
死心

断(ことわ)った
ko.to.wa.t.ta
拒絕

考(かんが)え直(なお)した
ka.n.ga.e.na.o.shi.ta
重新思考

---

7 絶対後悔(ぜったいこうかい)しますよ。

ze.t.ta.i ko.o.ka.i.shi.ma.su yo

鐵定後悔喔。

---

8 その点(てん)については賛同(さんどう)できません。

so.no te.n ni tsu.i.te wa sa.n.do.o de.ki.ma.se.n

關於那點，我無法贊同。

聞き返す

ki.ki.ka.e.su

MP3 92

反問

1 あまり聞き取れないんですが……。

a.ma.ri ki.ki.to.re.na.i n de.su ga

聽不太清楚……。

2 おっしゃることが分かりません。

o.s.sha.ru ko.to ga wa.ka.ri.ma.se.n

不知道您在說什麼。

3 もう1度繰り返してもらえますか？

mo.o i.chi.do ku.ri.ka.e.shi.te mo.ra.e.ma.su ka

能替我再重複一遍嗎？

4 もう少しゆっくり話してくれませんか？

mo.o su.ko.shi yu.k.ku.ri ha.na.shi.te ku.re.ma.se.n ka

能不能為我再說慢一點呢？

5 もっと簡単(かんたん)な日本語(にほんご)で説明(せつめい)してくれませんか？

mo.t.to ka.n.ta.n.na ni.ho.n.go de se.tsu.me.e.shi.te ku.re.ma.se.n ka

能以更簡單的日語為我說明嗎？

---

6 詳(くわ)しく教(おし)えてもらえますか？

ku.wa.shi.ku o.shi.e.te mo.ra.e.ma.su ka

能詳細地告訴我嗎？

---

7 ここに書(か)いてもらえますか？

ko.ko ni ka.i.te mo.ra.e.ma.su ka

能幫我寫在這裡嗎？

---

8 つづり方(かた)を教(おし)えてくれますか？

tsu.zu.ri ka.ta o o.shi.e.te ku.re.ma.su ka

能教我拼法嗎？

非難（ひなん）

hi.na.n

責備

MP3 93

1 何回言ったら分かるんですか？（なんかいい・わ）

na.n ka.i i.t.ta.ra wa.ka.ru n de.su ka

要說幾次才會懂呢？

2 ちゃんと聞いてるんですか？（き）

cha.n.to ki.i.te ru n de.su ka

有在認真聽嗎？

3 そんなことしちゃだめでしょう。

so.n.na ko.to shi.cha da.me de.sho.o

不能做那種事吧！

4 人のせいにするな。（ひと）

hi.to no se.e ni su.ru na

不要推卸給別人。

5 言(い)いたいことがあったら言(い)いなさい。

i.i.ta.i ko.to ga a.t.ta.ra i.i.na.sa.i

有話想說的話就說。

6 全部(ぜんぶ)あなたのせいです。

ze.n.bu a.na.ta no se.e de.su

全部都是你的錯。

7 本当(ほんとう)に最低(さいてい)ですね。

ho.n.to.o ni sa.i.te.e de.su ne

真的很差勁耶。

套進去說說看

卑怯(ひきょう) hi.kyo.o 卑鄙	横柄(おうへい) o.o.he.e 傲慢
頑固(がんこ) ga.n.ko 頑固	へそ曲(ま)がり he.so.ma.ga.ri 乖僻
意気地(いくじ)なし i.ku.ji.na.shi 沒志氣	用(よう)なし yo.o.na.shi 沒用

場景13

励まし・アドバイス

MP3 94

ha.ge.ma.shi a.do.ba.i.su

鼓勵・建議

1 あなたなら、きっとできます。

a.na.ta na.ra ki.t.to de.ki.ma.su

你的話，一定辦得到。

2 気を落とさないでください。

ki o o.to.sa.na.i.de ku.da.sa.i

請不要氣餒。

3 あんまり思いつめないでください。

a.n.ma.ri o.mo.i.tsu.me.na.i.de ku.da.sa.i

請不要太鑽牛角尖。

4 心配しないでください。

shi.n.pa.i.shi.na.i.de ku.da.sa.i

請不要擔心。

5 悪(わる)いほうにばかり考(かんが)えないでください。

wa.ru.i ho.o ni ba.ka.ri ka.n.ga.e.na.i.de ku.da.sa.i

請不要盡往壞處想。

6 弁護士(べんごし)と相談(そうだん)してみたらどうですか？

be.n.go.shi to so.o.da.n.shi.te mi.ta.ra do.o de.su ka

和律師商量看看如何呢？

7 またがんばればいいじゃないですか？

ma.ta ga.n.ba.re.ba i.i ja na.i de.su ka

再努力不就好了嗎？

8 元気(げんき)を出(だ)して、ファイト！

ge.n.ki o da.shi.te fa.i.to

打起精神，加油！

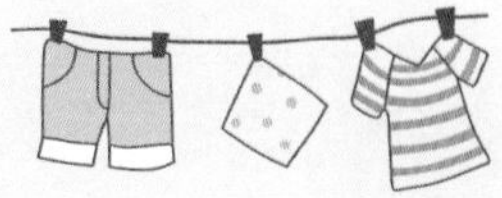

實戰會話1

A：自分（じぶん）のミスを人（ひと）のせいにするなんて、卑怯（ひきょう）だと思（おも）いませんか？

ji.bu.n no mi.su o hi.to no se.e ni su.ru na.n.te hi.kyo.o da to o.mo.i.ma.se.n ka

把自己的錯誤推卸給別人，不覺得很卑鄙嗎？

B：えっ？何（なに）を言（い）ってるのか分（わ）からないんですが……。

e.t na.ni o i.t.te ru no ka wa.ka.ra.na.i n de.su ga

咦？我不知道你在說什麼……。

A：知（し）らんぷりしても無駄（むだ）ですよ。

shi.ra.n.pu.ri.shi.te mo mu.da de.su yo

假裝不知道也沒用啦。

B：何（なん）のことですか？

na.n no ko.to de.su ka

什麼事情嗎？

A：自分（じぶん）の非（ひ）を認（みと）めないつもりですね。

ji.bu.n no hi o mi.to.me.na.i tsu.mo.ri de.su ne

你打算不承認自己的錯誤囉。

B：おかけになった電話番号（でんわばんごう）は間違（まちが）っていませんか？

o ka.ke ni na.t.ta de.n.wa.ba.n.go.o wa ma.chi.ga.t.te i.ma.se.n ka

您是不是打錯電話號碼了呢？

間違（まちが）い電話（でんわ）だと思（おも）いますよ。

ma.chi.ga.i.de.n.wa da to o.mo.i.ma.su yo

我想你是打錯電話囉。

實戰會話2

A：あともうちょっとだったのに、本当(ほんとう)に残念(ざんねん)ですね。

a.to mo.o cho.t.to da.t.ta no.ni ho.n.to.o ni za.n.ne.n de.su ne

才差一點點，真可惜啊。

B：やれることは全部(ぜんぶ)やったので、悔(く)いはありません。

ya.re.ru ko.to wa ze.n.bu ya.t.ta no.de ku.i wa a.ri.ma.se.n

能做的全都做了，所以沒有遺憾。

A：まだチャンスはいくらでもありますからね。

ma.da cha.n.su wa i.ku.ra de.mo a.ri.ma.su ka.ra ne

還有的是機會呢。

B：あきらめずに、またチャレンジしますよ。

a.ki.ra.me.zu ni ma.ta cha.re.n.ji.shi.ma.su yo

我不會放棄，還會再挑戰的。

A：次（つぎ）はぜったい大丈夫（だいじょうぶ）です！

tsu.gi wa ze.t.ta.i da.i.jo.o.bu de.su

下次一定沒問題！

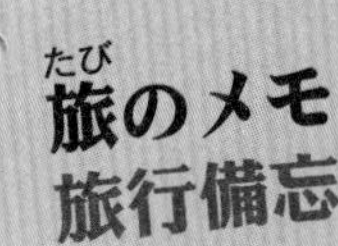

在日本覺得最快樂的事情是＿＿＿＿＿＿＿＿

時間：　　　　　　　　　　地點:

在日本覺得最難過的事情是＿＿＿＿＿＿＿＿

時間：　　　　　　　　　　地點:

附錄

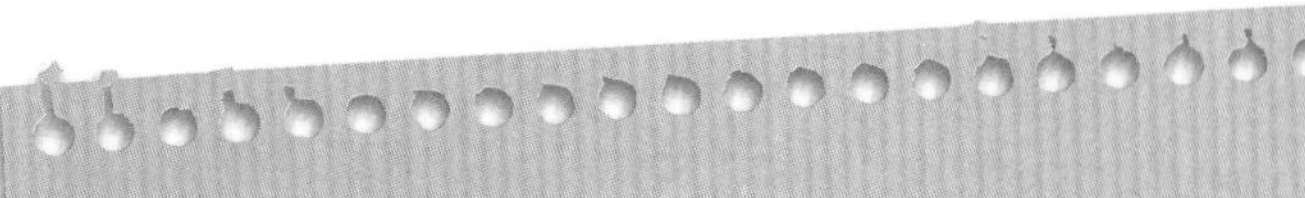

- 日本打工度假去
- 日本地圖
- 日本各大都市電車路線圖

日本打工度假去

想試試自己的日文實力嗎？想體驗日本實際的生活嗎？想細細品味日本當地的民俗風情與文化，而不是走馬看花嗎？2009年正式啟動的「日本打工度假制度」，可協助您達成心願。

此項打工度假制度，是為了提供台灣的青少年深入了解日本文化和一般生活方式的機會，認可最長為期一年的休假活動及在停留期間中從事打工填補所需費用的制度。一年分二次（5月和11月）受理申請，2015年簽證的發給件數為5,000件，每次核發2,500件簽證，如果資格符合，那就趕快行動吧。

❶ 打工度假注意事項

1.這不是以工作為目的的簽證。（必須是以度假為目的，附帶從事打工活動方被認可）

2.不得在酒吧等風化場所及特殊營業場所從事打工活動。

3.大學生等要赴日實習，係基於教育課程之一部分，而在日本公私機關從事業務之活動，須辦理其他相關簽證；因與打工度假制度宗旨不同，故無法成為發給對象。

❷ 簽證之發給對象

1.申請打工度假簽證時為居住在台灣之居民。

2.申請打工度假簽證時之年齡介於18歲以上，30歲以下。

3.在不超過一年之期間內，以度假為主要目的而停留在日本。

4.過去未曾取得此種日本簽證。

5.無被扶養者同行。（若該家屬持有其他有效簽證則除外）

6.持有有效之台灣護照（載有身分証字號）。

7.持有返回台灣之交通票券，或有足夠經費購買該票券。

8.持有足以維持停留日本最初期間之生活所需費用。

9.身體健康且無不良紀錄或犯罪紀錄。

10.已投保在日停留期間，死亡、受傷及生病之相關保險。

❸ 簽證申請所需文件

1.簽證申請書*

2.2吋白底彩色證件照1張（6個月內拍攝，正面、脫帽、無背景）請貼於申請書上。

3.台灣身分證影本（正、反面）

請用A4白紙，單面印刷。

4.履歷書*

請申請者本人以中文或日文書寫。

5.理由書（希望利用打工度假制度的理由）*

希望利用打工制度的理由，請申請者本人以中文或日文書寫。

6.計畫書（希望從事的活動內容）*

此次赴日後，您想要做什麼，請申請者本人以中文或日文書寫。

7.最終學歷等證明文件

例 在學（休學）證明（正本）、畢業證書（影本）、休學證明書（影本）等。

※沒有註明「依教育部規定本證可替代在學證明」之學生證不予認可。

※學歷證件因改名而與現在名字不一樣時，請附加提出有改名記錄之戶籍謄本（正本，3個月內）

8.足以購買回台之交通票券，及在日停留初期維持生活之必要費用的證明文件

8萬台幣以上由銀行或郵局開立之存款證明書（正本，1個月內所申請的存款證明）

※不接受存摺影本。

※若所提出之存款證明為親屬所有，則請另加附可證明雙方關係之戶籍謄本（正本，3個月內）

9.其他自我推薦之文件影本（並非絕對必要）

例 日本語能力檢定合格證明、日本語學校修了證明書、日本文化或技藝方面相關證書等，可自我推薦之相關文件。

10.護照影本（申請時也請帶著護照正本以備查驗）

相片資料頁（含簽名欄頁）要影印。若曾取得日本簽證、曾入出境日本等，其相關之各頁也請全部影印提出。

*可在交流協會網站下載

如尚有不明之處，請參閱如下網站。

日本交流協會

http://www.koryu.or.jp/taipei-tw/ez3_contents.nsf/Top

行政院青年旅遊網

http://youthtravel.tw/tjwh/

日本打工度假協會

（提供赴日外國青少年諮詢服務的機構）

http://www.jawhm.or.jp

日本的行政區與各縣市

1
ほっ かい どう
北海道
ho.k.ka.i.do.o

2
あお もり けん
青森県
a.o.mo.ri ke.n

3
あき た けん
秋田県
a.ki.ta ke.n

4
いわ て けん
岩手県
i.wa.te ke.n

5
やま がた けん
山形県
ya.ma.ga.ta ke.n

6
みや ぎ けん
宮城県
mi.ya.gi ke.n

7
ふく しま けん
福島県
fu.ku.shi.ma ke.n

8
にい がた けん
新潟県
ni.i.ga.ta ke.n

9
と やま けん
富山県
to.ya.ma ke.n

10
いし かわ けん
石川県
i.shi.ka.wa ke.n

11
ふく い けん
福井県
fu.ku.i ke.n

12
ぎ ふ けん
岐阜県
gi.fu ke.n

13
なが の けん
長野県
na.ga.no ke.n

14
やま なし けん
山梨県
ya.ma.na.shi ke.n

15
あい ち けん
愛知県
a.i.chi ke.n

16
しず おか けん
静岡県
shi.zu.o.ka ke.n

17
ち ば けん
千葉県
chi.ba ke.n

18 かながわけん 神奈川県 ka.na.ga.wa ke.n

19 とうきょうと 東京都 to.o.kyo.o to

20 さいたまけん 埼玉県 sa.i.ta.ma ke.n

21 とちぎけん 栃木県 to.chi.gi ke.n

22 ぐんまけん 群馬県 gu.n.ma ke.n

23 いばらきけん 茨城県 i.ba.ra.ki ke.n

24 おおさかふ 大阪府 o.o.sa.ka fu

25 きょうとふ 京都府 kyo.o.to fu

26 ならけん 奈良県 na.ra ke.n

27 ひょうごけん 兵庫県 hyo.o.go ke.n

28 しがけん 滋賀県 shi.ga ke.n

29 みえけん 三重県 mi.e ke.n

30 わかやまけん 和歌山県 wa.ka.ya.ma ke.n

31 ひろしまけん 広島県 hi.ro.shi.ma ke.n

32 おかやまけん 岡山県 o.ka.ya.ma ke.n

33 しまねけん 島根県 shi.ma.ne ke.n

34 とっとりけん 鳥取県 to.t.to.ri ke.n

35 やまぐちけん 山口県 ya.ma.gu.chi ke.n

36 とくしまけん 徳島県 to.ku.shi.ma ke.n

37 えひめけん 愛媛県 e.hi.me ke.n

38 かがわけん 香川県 ka.ga.wa ke.n

39 こうちけん 高知県 ko.o.chi ke.n

40 ふくおかけん 福岡県 fu.ku.o.ka ke.n

41 さがけん 佐賀県 sa.ga ke.n

42 おおいたけん 大分県 o.o.i.ta ke.n

43 ながさきけん 長崎県 na.ga.sa.ki ke.n

44 くまもとけん 熊本県 ku.ma.mo.to ke.n

45 みやざきけん 宮崎県 mi.ya.za.ki ke.n

46 かごしまけん 鹿児島県 ka.go.shi.ma ke.n

47 おきなわけん 沖縄県 o.ki.na.wa ke.n

東京電車路線圖

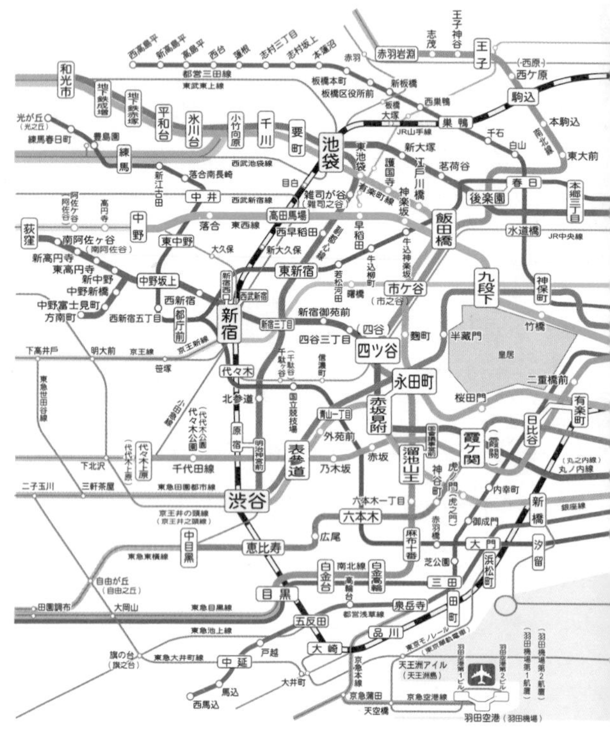
王子神谷
志茂
赤羽岩淵
王子
(西原)
西ケ原
西高島平
新高島平
高島平
西台
蓮根
志村三丁目
志村坂上
本蓮沼
赤羽
都営三田線
東武東上線
板橋本町
板橋区役所前
新板橋
西巣鴨
駒込
和光市
地下鉄成増
地下鉄赤塚
平和台
氷川台
小竹向原
千川
要町
池袋
板橋
大塚
JR山手線
巣鴨
本駒込
千石
白山
南北線
東大前
光が丘
(光之丘)
練馬春日町
豊島園
練馬
新江古田
落合南長崎
西武池袋線
目白
東池袋
護国寺
新大塚
江戸川橋
茗荷谷
春日
本郷三丁目
後楽園
阿佐ケ谷
(阿佐谷)
高円寺
中井
西武新宿線
雑司が谷
(雑司之谷)
有楽町線
神楽坂
飯田橋
荻窪
中野
落合
東西線
高田馬場
早稲田
水道橋
JR中央線
南阿佐ヶ谷
(南阿佐谷)
東中野
大久保
西早稲田
副都心線
牛込神楽坂
新高円寺
新大久保
牛込柳町
東高円寺
新中野
中野坂上
東新宿
若松河田
曙橋
市ケ谷
(市之谷)
九段下
神保町
中野新橋
西新宿
新宿西口
西武新宿
中野富士見町
方南町
西新宿五丁目
都庁前
新宿
新宿三丁目
新宿御苑前
(四谷)
四谷三丁目
四ツ谷
麹町
半蔵門
竹橋
皇居
下高井戸
明大前
京王線
京王新線
笹塚
代々木
千駄ケ谷
(千駄谷)
信濃町
永田町
二重橋前
東急世田谷線
小田急線
代々木公園
(代代木公園)
北参道
国立競技場
赤坂見附
桜田門
有楽町
青山一丁目
外苑前
国会議事堂前
霞ケ関
(霞關)
日比谷
原宿
明治神宮前
代々木上原
(代代木上原)
下北沢
千代田線
表参道
乃木坂
赤坂
溜池山王
神谷町
虎ノ門
(虎之門)
(丸之内線)
丸ノ内線
二子玉川
三軒茶屋
東急田園都市線
渋谷
六本木一丁目
内幸町
新橋
銀座線
京王井の頭線
(京王井之頭線)
六本木
赤羽橋
御成門
中目黒
広尾
麻布十番
大門
汐留
東急東横線
恵比寿
白金台
南北線
白金高輪
芝公園
浜松町
自由が丘
(自由之丘)
目黒
三田
高輪台
泉岳寺
田園調布
大岡山
東急目黒線
都営浅草線
田町
五反田
東急池上線
品川
東京モノレール
大崎
戸越
旗の台
(旗之台)
東急大井町線
中延
京急本線
天王洲アイル
(天王洲島)
羽田空港第1ビル
羽田空港第2ビル
(羽田機場第1航廈)
(羽田機場第2航廈)
大井町
馬込
西馬込
京急蒲田
京急空港線
天空橋
羽田空港(羽田機場)

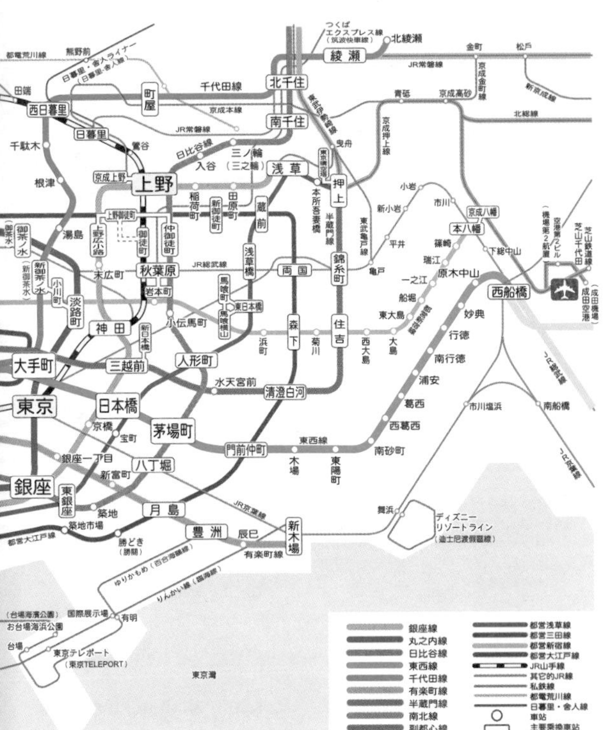
北綾瀬
綾瀬
北千住
南千住
町屋
西日暮里
日暮里
田端
千駄木
根津
湯島
上野
京成上野
鶯谷
入谷
三ノ輪（三之輪）
浅草
押上
曳舟
本所吾妻橋
稲荷町
田原町
新御徒町
蔵前
上野広小路
御徒町
仲御徒町
末広町
秋葉原
岩本町
浅草橋
両国
錦糸町
亀戸
馬喰町
東日本橋
馬喰横山
小伝馬町
神田
淡路町
小川町
新御茶ノ水
御茶ノ水
大手町
三越前
新日本橋
人形町
浜町
森下
菊川
住吉
西大島
大島
東大島
船堀
一之江
瑞江
篠崎
本八幡
京成八幡
市川
小岩
新小岩
平井
下総中山
原木中山
西船橋
妙典
行徳
南行徳
浦安
葛西
西葛西
南砂町
東陽町
木場
門前仲町
茅場町
水天宮前
清澄白河
東京
日本橋
京橋
宝町
銀座一丁目
八丁堀
新富町
銀座
東銀座
築地
築地市場
月島
勝どき（勝鬨）
豊洲
辰巳
新木場
有楽町線
舞浜
ディズニーリゾートライン（迪士尼渡假區線）
市川塩浜
南船橋
国際展示場
有明
（台場海濱公園）お台場海浜公園
台場
東京テレポート（東京TELEPORT）
東京灣
ゆりかもめ（百合海鷗線）
りんかい線（臨海線）
JR京葉線
都電荒川線
熊野前
日暮里・舎人ライナー（日暮里・舍人線）
千代田線
京成本線
JR常磐線
日比谷線
東武伊勢崎線
東京晴空塔
半蔵門線
東武亀戸線
京成押上線
京成金町線
金町
松戸
青砥
京成高砂
新京成線
北総線
JR総武線
都営新宿線
東西線
都営大江戸線
空港第2ビル
機場第2航廈
芝山千代田
芝山鉄道線
成田空港（成田機場）
つくばエクスプレス線（筑波快車線）
銀座線
丸之内線
日比谷線
東西線
千代田線
有楽町線
半蔵門線
南北線
副都心線
都営浅草線
都営三田線
都営新宿線
都営大江戸線
JR山手線
其它的JR線
私鉄線
都電荒川線
日暮里・舎人線
車站
主要乘換車站

東京各主要鐵路路線

とえいみたせん	都営三田線	to.e.e mi.ta se.n
ふくとしんせん	副都心線	fu.ku.to.shi.n se.n
ゆうらくちょうせん	有楽町線	yu.u.ra.ku.cho.o se.n
とえいおおえどせん	都営大江戸線	to.e.e o.o.e.do se.n
まるのうちせん	丸ノ内線	ma.ru.no.u.chi se.n
ちよだせん	千代田線	chi.yo.da se.n
とうざいせん	東西線	to.o.za.i se.n
とえいあさくさせん	都営浅草線	to.e.e a.sa.ku.sa se.n
ぎんざせん	銀座線	gi.n.za se.n
はんぞうもんせん	半蔵門線	ha.n.zo.o.mo.n se.n
ひびやせん	日比谷線	hi.bi.ya se.n
なんぼくせん	南北線	na.n.bo.ku se.n
とえいしんじゅくせん	都営新宿線	to.e.e shi.n.ju.ku se.n
やまのてせん	山手線	ya.ma.no.te se.n

東京第一線：JR山手線

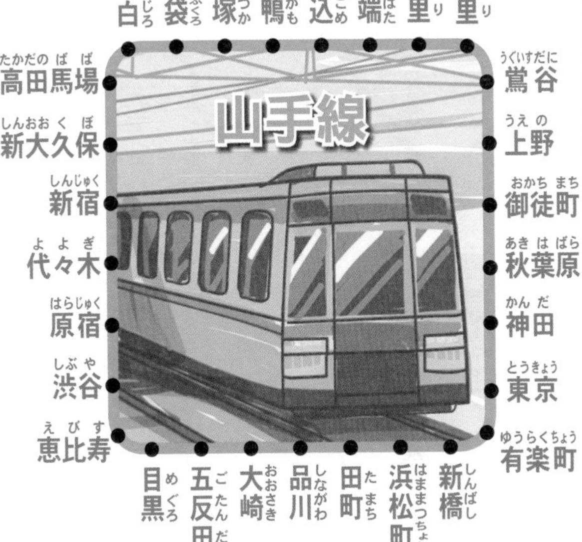
山手線
目白
池袋
大塚
巣鴨
駒込
田端
西日暮里
日暮里
高田馬場
新大久保
新宿
代々木
原宿
渋谷
恵比寿
鶯谷
上野
御徒町
秋葉原
神田
東京
有楽町
目黒
五反田
大崎
品川
田町
浜松町
新橋

橫濱電車路線圖

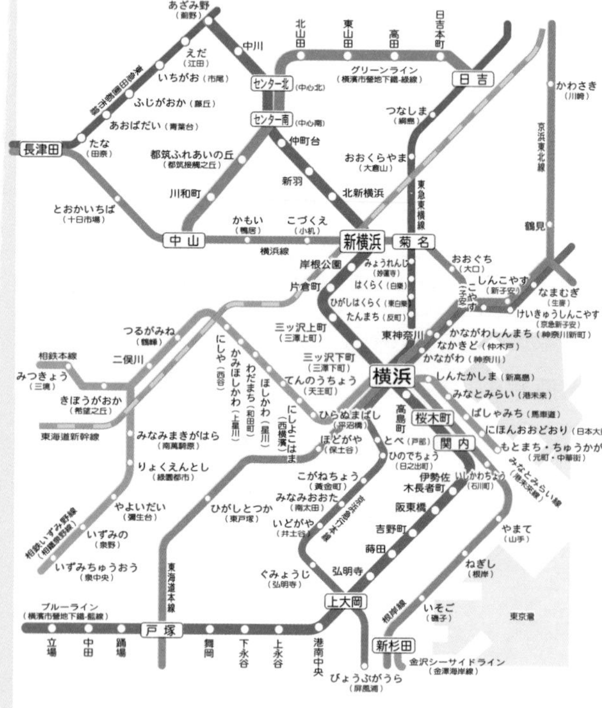

ブルーライン（橫濱市營地下鐵-藍線）
グリーンライン（橫濱市營地下鐵-綠線）
みなとみらい線（港未來線）
相鉄本線、相鉄いずみ野線（相鐵泉野線）
金沢シーサイドライン（金澤海岸線）
根岸線、東海道本線、京浜東北線
東海道新幹線
京浜急行本線
東急田園都市線、東急東横線
あざみ野
中川
センター北（中心北）
センター南（中心南）
北山田
東山田
高田
日吉本町
日吉
グリーンライン（橫濱市營地下鐵-綠線）
長津田
たな（田奈）
都筑ふれあいの丘（都筑接觸之丘）
仲町台
新羽
北新横浜
つなしま（綱島）
おおくらやま（大倉山）
東急東横線
かわさき（川崎）
京浜東北線
鶴見
川和町
とおかいちば（十日市場）
中山
かもい（鴨居）
こづくえ（小机）
横浜線
新横浜
菊名
岸根公園
片倉町
三ッ沢上町（三澤上町）
三ッ沢下町（三澤下町）
おおぐち（大口）
しんこやす（新子安）
なまむぎ（生麥）
けいきゅうしんこやす（京急新子安）
東神奈川
かながわしんまち（神奈川新町）
なかきど（仲木戸）
かながわ（神奈川）
横浜
しんたかしま（新高島）
みなとみらい（港未來）
ばしゃみち（馬車道）
にほんおおどおり（日本大通）
もとまち・ちゅうかがい（元町・中華街）
みなとみらい線（港未來線）
つるがみね（鶴峰）
二俣川
相鉄本線
みつきょう（三境）
きぼうがおか（希望之丘）
東海道新幹線
にしや（西谷）
かみほしかわ（上星川）
わだまち（和田町）
ほしかわ（星川）
にしよこはま（西橫濱）
てんのうちょう（天王町）
ひらぬまばし（平沼橋）
ほどがや（保土谷）
高島町
桜木町
関内
とべ（戸部）
ひのでちょう（日之出町）
みなみまきがはら（南萬騎原）
りょくえんとし（綠園都市）
やよいだい（彌生台）
いずみの（泉野）
いずみちゅうおう（泉中央）
相鉄いずみ野線（相鐵泉野線）
ひがしとつか（東戸塚）
こがねちょう（黃金町）
みなみおおた（南太田）
いどがや（井土谷）
京浜急行本線
伊勢佐木長者町
阪東橋
吉野町
蒔田
弘明寺
いしかわちょう（石川町）
やまて（山手）
ねぎし（根岸）
いそご（磯子）
東京灣
ぐみょうじ（弘明寺）
東海道本線
上大岡
根岸線
新杉田
ブルーライン（橫濱市營地下鐵-藍線）
立場
中田
踊場
戸塚
舞岡
下永谷
上永谷
港南中央
びょうぶがうら（屏風浦）
金沢シーサイドライン（金澤海岸線）

名古屋電車路線圖

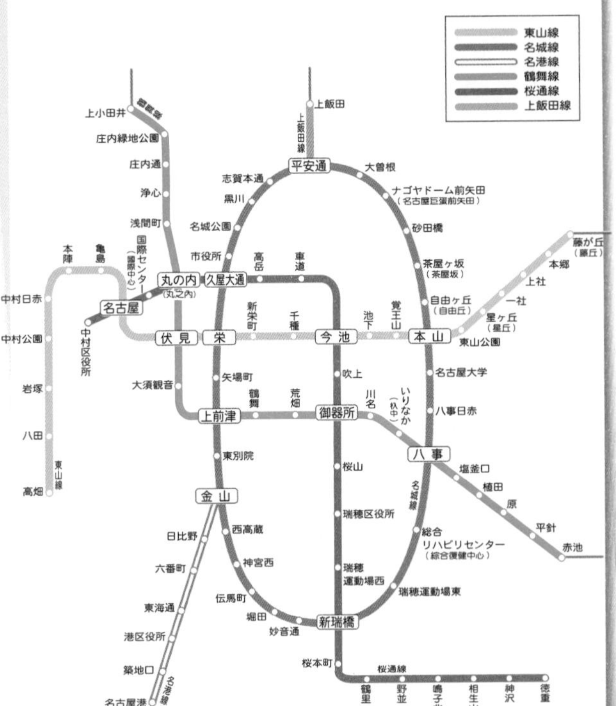
東山線
名城線
名港線
鶴舞線
桜通線
上飯田線
上小田井
鶴舞線
庄内緑地公園
庄内通
浄心
浅間町
国際センター
（國際中心）
丸の内
（丸之内）
名古屋
中村区役所
本陣
亀島
中村日赤
中村公園
岩塚
八田
高畑
東山線
上飯田
上飯田線
平安通
志賀本通
黒川
名城公園
市役所
久屋大通
高岳
車道
大曽根
ナゴヤドーム前矢田
（名古屋巨蛋前矢田）
砂田橋
茶屋ヶ坂
（茶屋坂）
自由ヶ丘
（自由丘）
伏見
栄
新栄町
千種
今池
池下
覚王山
本山
東山公園
星ヶ丘
（星丘）
一社
上社
本郷
藤が丘
（藤丘）
大須観音
矢場町
吹上
名古屋大学
上前津
鶴舞
荒畑
御器所
川名
いりなか
（杁中）
八事日赤
八事
塩釜口
植田
原
平針
赤池
東別院
桜山
金山
名城線
瑞穂区役所
日比野
西高蔵
総合
リハビリセンター
（綜合復健中心）
六番町
神宮西
瑞穂
運動場西
瑞穂運動場東
東海通
伝馬町
堀田
妙音通
新瑞橋
港区役所
桜本町
桜通線
築地口
名港線
名古屋港
鶴里
野並
鳴子北
相生山
神沢
徳重

京都電車路線圖

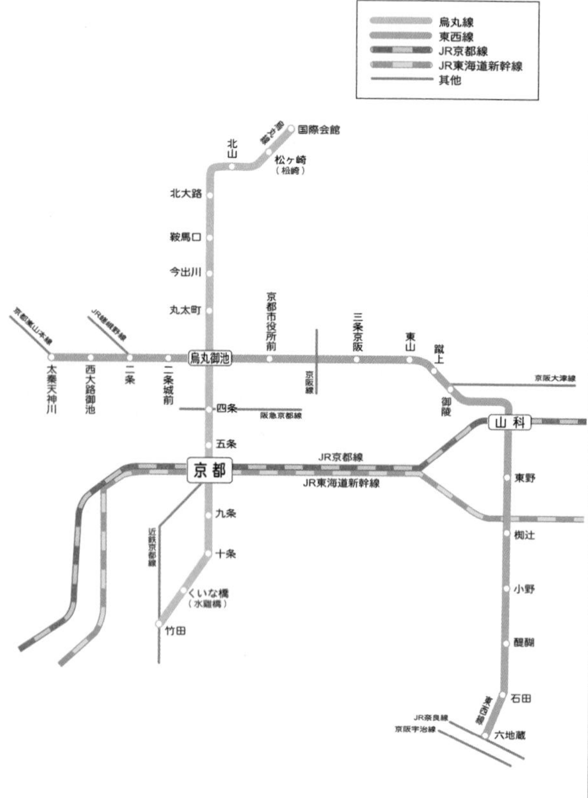

烏丸線
東西線
JR京都線
JR東海道新幹線
其他
国際会館
北山
松ヶ崎
（松崎）
北大路
鞍馬口
今出川
丸太町
京都市役所前
三条京阪
東山
蹴上
京阪大津線
JR嵯峨野線
太秦天神川
西大路御池
二条
二条城前
烏丸御池
京阪線
御陵
四条
阪急京都線
山科
五条
JR京都線
京都
JR東海道新幹線
東野
九条
椥辻
近鉄京都線
十条
くいな橋
（水難橋）
竹田
小野
醍醐
石田
東西線
JR奈良線
京阪宇治線
六地蔵

大阪電車路線圖

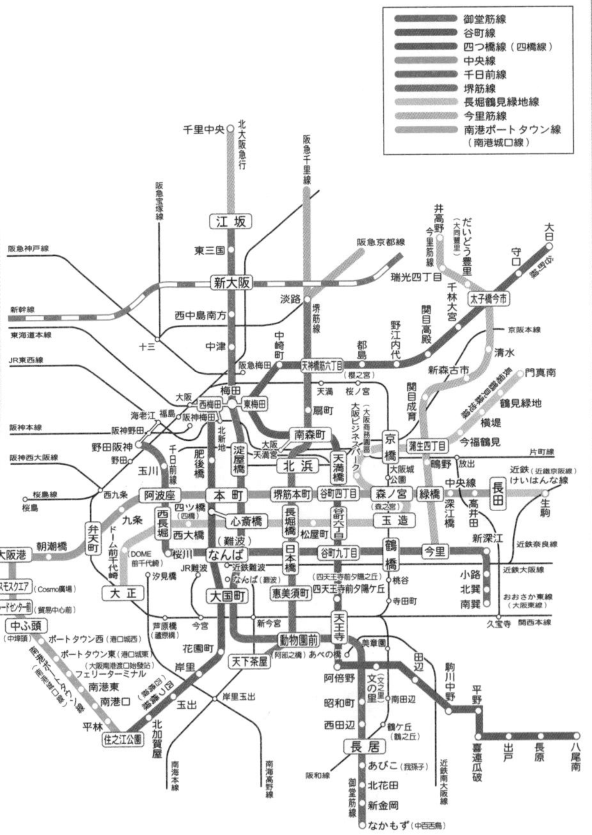
御堂筋線
谷町線
四つ橋線（四橋線）
中央線
千日前線
堺筋線
長堀鶴見緑地線
今里筋線
南港ポートタウン線（南港城口線）
千里中央
北大阪急行
阪急千里線
阪急宝塚線
江坂
東三国
阪急京都線
阪急神戸線
新大阪
新幹線
淡路
西中島南方
東海道本線
十三
中津
堺筋線
中崎町
JR東西線
阪急梅田
天神橋筋六丁目
（櫻之宮）
都島
野江内代
関目高殿
千林大宮
太子橋今市
井高野
だいどう豊里（大同豐里）
瑞光四丁目
守口
大日
京阪本線
清水
新森古市
門真南
鶴見緑地
横堤
今福鶴見
関目成育
大阪
梅田
西梅田
東梅田
天満
桜ノ宮
扇町
大阪ビジネスパーク（大阪商務園區）
海老江
福島
阪神梅田
阪神本線
阪神野田
野田阪神
野田
北新地
南森町
大阪天満宮
京橋
蒲生四丁目
鴫野
放出
片町線
千日前線
肥後橋
淀屋橋
北浜
天満橋
大阪城公園
阪神西大阪線
玉川
近鉄（近鐵京阪線）
けいはんな線
桜島線
桜島
西九条
阿波座
本町
堺筋本町
谷町四丁目
森ノ宮
（森之宮）
緑橋
中央線
長田
深江橋
高井田
生駒
西長堀
四ツ橋（四橋）
心斎橋
長堀橋
谷町六丁目
玉造
九条
西大橋
松屋町
鶴橋
弁天町
ドーム前千代崎
（DOME前千代崎）
（難波）
新深江
近鉄奈良線
大阪港
朝潮橋
桜川
なんば
日本橋
谷町九丁目
今里
近鉄大阪線
汐見橋
JR難波
近鉄難波
なんば（難波）
（四天王寺前夕陽之丘）
四天王寺前夕陽ケ丘
桃谷
小路
北巽
南巽
コスモスクエア（Cosmo廣場）
大正
大国町
恵美須町
寺田町
おおさか東線（大阪東線）
トレードセンター前（貿易中心前）
芦原橋（蘆原橋）
今宮
新今宮
天王寺
久宝寺
関西本線
中ふ頭（中埠頭）
ポートタウン西（港口城西）
動物園前
美章園
ポートタウン東（港口城東）
（大阪南港渡口始發站）
フェリーターミナル
花園町
天下茶屋
（阿部之橋）あべの橋
田辺
駒川中野
岸里
阿倍野
文の里（文之里）
平野
南港東
南港口
玉出
岸里玉出
昭和町
南田辺
平林
西田辺
鶴ケ丘（鶴之丘）
住之江公園
北加賀屋
長居
喜連瓜破
出戸
長原
八尾南
南海本線
南海高野線
阪和線
あびこ（我孫子）
近鉄南大阪線
北花田
御堂筋線
新金岡
なかもず（中百舌鳥）

福岡電車路線圖

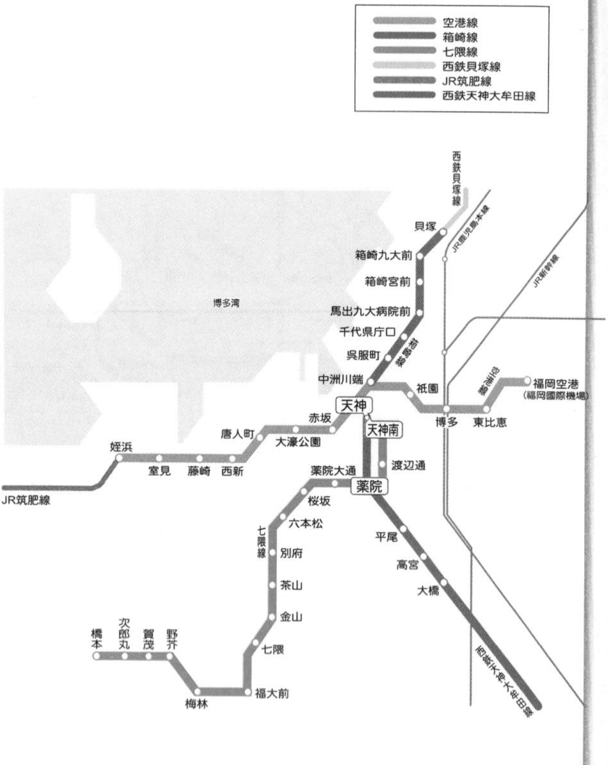

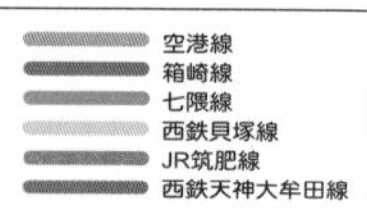

西鉄貝塚線
JR鹿児島本線
JR新幹線
貝塚
箱崎九大前
箱崎宮前
馬出九大病院前
千代県庁口
呉服町
箱崎線
中洲川端
博多湾
祇園
空港線
福岡空港
(福岡國際機場)
天神
博多
東比恵
赤坂
天神南
唐人町
大濠公園
姪浜
渡辺通
室見
藤崎
西新
薬院大通
薬院
JR筑肥線
桜坂
六本松
平尾
七隈線
別府
高宮
茶山
大橋
金山
橋本
次郎丸
賀茂
野芥
七隈
西鉄天神大牟田線
梅林
福大前

札幌電車路線圖

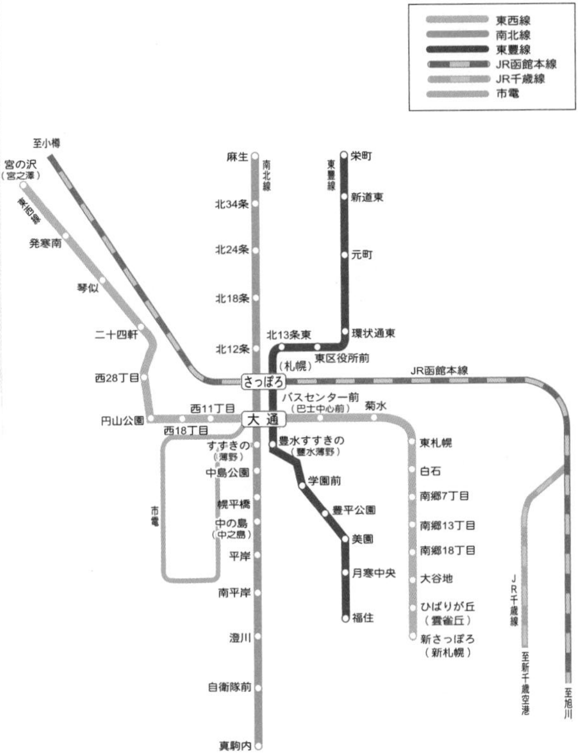

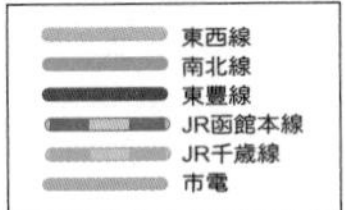

東西線
南北線
東豐線
JR函館本線
JR千歲線
市電
至小樽
宮の沢
（宮之澤）
東西線
発寒南
琴似
二十四軒
西28丁目
円山公園
西18丁目
西11丁目
大通
さっぽろ
（札幌）
麻生
南北線
北34条
北24条
北18条
北12条
すすきの
（薄野）
中島公園
幌平橋
中の島
（中之島）
平岸
南平岸
澄川
自衛隊前
真駒内
市電
栄町
東豐線
新道東
元町
環状通東
北13条東
東区役所前
JR函館本線
バスセンター前
（巴士中心前）
菊水
豊水すすきの
（豐水薄野）
学園前
豊平公園
美園
月寒中央
福住
東札幌
白石
南郷7丁目
南郷13丁目
南郷18丁目
大谷地
ひばりが丘
（雲雀丘）
新さっぽろ
（新札幌）
JR千歲線
至新千歲空港
至旭川

國家圖書館出版品預行編目資料

跟著名部落客WAWA 說日語，玩日本！ 全新修訂版 / 林潔珏著
--修訂初版--臺北市：瑞蘭國際,2015.05
432面；10.4 x 16.2公分 --（隨身外語系列；48）
ISBN：978-986-5639-23-5（平裝附光碟片）
1.日語 2.旅遊 3.會話

803.188 104007074

隨身外語系列 48

跟著♥名部落客WAWA

說日語，玩日本！ |全新修訂版|

著｜林潔珏・責任編輯｜葉仲芸・校對｜林潔珏、葉仲芸、王愿琦

日文錄音｜野崎孝男、杉本好美
錄音室｜不凡數位錄音室、純粹錄音後製有限公司
封面設計｜余佳憓・版型設計、排版｜許巧琳

董事長｜張暖彗・社長兼總編輯｜王愿琦・主編｜葉仲芸
編輯｜潘治婷・編輯｜紀珊・設計部主任｜余佳憓
業務部副理｜楊米琪・業務部專員｜林湲洵・業務部助理｜張毓庭

出版社｜瑞蘭國際有限公司・地址｜台北市大安區安和路一段104號7樓之1
電話｜(02)2700-4625・傳真｜(02)2700-4622・訂購專線｜(02)2700-4625
劃撥帳號｜19914152 瑞蘭國際有限公司
瑞蘭網路書城｜www.genki-japan.com.tw

總經銷｜聯合發行股份有限公司・電話｜(02)2917-8022、2917-8042
傳真｜(02)2915-6275、2915-7212・印刷｜宗祐印刷有限公司
出版日期｜2015年05月修訂初版1刷・定價｜299元・ISBN｜978-986-5639-23-5